히나마츠리
한창인 삼짓날 술
다 비워가네
소다츠

상사

꿈 속 의 술 상

장소 어느 옛 가옥 내당 **술** 상온에서 식힌 사케(긴조) **안주** 대합구이, 우설 소금구
이, 보리멸 덴푸라, 가지 된장절임, 청나래고사리 무침 **해장** 치라시즈시(일본식
회덮밥의 일종) **주의** 여자들의 명절이니 유서 있는 히나 인형을 장식해 놓고 절도
있게 마실 것. 모자랄 경우 적당히 털고 일어나 밖에서 마시는 게 좋다.

*상사(上巳) : (음력)3월 3일. 이날 일본에서는 제단에다 '히나 인형'과 감주, 떡, 복숭아꽃 등을 장식하고 여자 아이의
행복을 비는 '히나마츠리'라는 행사를 치른다.(역주)

단오

꿈 속의 술상

꽃창포 마냥
알록달록 잉어들
노니는 연못
소다츠

장소 어느 초밥집 좌석 **술** 미지근하게 데운 사케(혼죠조) **안주** 잉어 물회, 벤자리 소금구이, 타케나카 생강, 가다랭이 회, 달걀 조림, 단무지 **해장** 치마키(조릿대 잎에 싸서 찐 찹쌀떡) **주의** 일단 창포물에 머리부터 감고 난 뒤에 한 잔하는 편이 기분이 난다. 남자들의 절기라고 해서 너무 퍼마시지는 말자.

단오 : (음력)5월 5일.(역주)

칠석

꿈 속의 술상

조릿대 잎에 주렁주렁 매달린 별 보며 한 잔 소다츠

장소 어느 민가 옥상 **술** 병맥주(라거 계열) **안주** 갓이랑 같이 볶은 누에콩, 풋콩, 말린 전갱이, 닭꼬치, 감자칩, 감씨과자, 살라미&치즈 **해장** 소면 **주의** 높은 곳이므로 조심 또 조심할 것. 조릿대는 꼭 세워서 분위기를 내도록 하자.

*칠석 : (음력)7월 7일. 일본에는 이날 조릿대를 세워 소원을 적은 색지를 매다는 풍습이 있다. (역주)

중양
꿈 속의
술 상

전채 대신해 카운터에 장식된 국화 꽃가지 **솟다츠**

🍲 어느 도심 BAR 🍶 중양 기념으로 특별히 주문한 오리지널 칵테일(키쿠노쇼케이+비밀 레시피) **안주** 국화 무침, 가리비 뫼니에르 **애장** 다른 가게에서 파는 꽁치 소금구이 정식 **주의** 바텐더가 자랑을 늘어놓기 시작하면 한도 끝도 없으니 칵테일, 3잔 마신 뒤 곧바로 가게를 나올 것.

중양 : (음력)9월 9일.(역주)

I DRINK, therefore I AM.

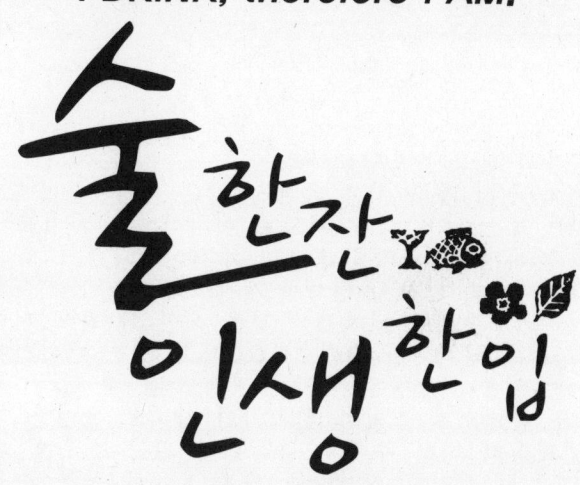

술 한잔
인생 한입

라즈웰 호소키

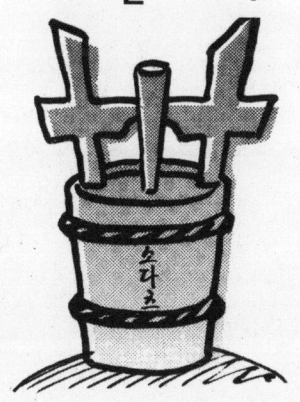

AK
COMICS

●서문

요즘 와인 붐이 한창인 모양이다.

아항, 어쩐지 우리 동네 작은 주류상 같은 데만 가 봐도 웬 와인 전용 칸에 억 소리가 나올 정도로 어마어마한 가격표가 붙은 와인 님께서 귀하신 그 자태를 뽐내고 계시더라니.

그런가 하면 사케도 한창 유행하는 것 같다.

확실히 웬만큼 대중적인 이자카야 같은 데만 가 봐도 전국의 향토주를 쫙 구비해 놔서, 한 잔에 1000엔도 넘는 다이긴조를 젊은 회사원 아가씨들이 술술 들이키는 광경도 볼 수 있다.

하지만 다른 한편으로 스카치 위스키의 산지로 유명한 어느 나라를 비롯, 해외의 여러 주류 수출국들이 일본 소주가 너무 싸 자국 술이 도무지 팔리지 않는다며 일본 소주에 붙는 주세를 올려야 한다고 불만을 터뜨린다는 이야기도 들린다.

이는 다시 말해 일본 소주가 그만큼 많은 사람들의 사랑을 받고 있다는 말이 된다.

고급 와인과 사케 붐, 그리고 값싼 일본 소주의 높은 점유율. 대체 어느 쪽이 진실일까?

소위 붐 하면 업계나 매스컴의 호들갑으로 실제보다 지나치게 과장되는 경우가 곧잘 있다. 그렇다면 외국 측 주장대로 우리네 평범한 일본 사람 중 대다수는 값싸고 금방 취하는 술로 업무의 피로를 달래고 일상의 스트레스를 해소한다는 것이 정답인지도 모른다.

그렇다면 앞서 언급한 외국 측 요구는 참으로 한심한 것이다. 무엇보다 술을 마시는 사람한테는 마시고 싶은 만큼 마시고, 취하고 싶은 만큼 취할 권리가 있다. 싼 술이 없으면 비싼 술도 없는 법이다. 뭐니 뭐니 해도 기본 중의 기본은 바로 싼 술이 아닌가. 찔끔찔끔 주머니 걱정에 노심초사를 다 해가며 마셔서야, 대체 무슨 수로 취하고 자시고 하겠느냔 말이다.

그러니까 전국의 주당 여러분, 우리 다함께 힘을 합쳐 싼 술을 마음껏 들이킬 수 있는 건전한 사회를 만들어나가자 이겁니다…. 나도 내가 뭔 소릴 하는 건지 모르겠군.

아무튼 그런 의미에서 이번 『술 한잔 인생 한입』 제3권을 이 땅의 모든
 술독 장인 여러분,
 술잔 도공 여러분,
 술 상표 디자이너 여러분,
 주류 운송업자 여러분,
 주류상 인테리어 디자이너 여러분, 주방기기 판매업자 여러분,
빈병 수거업자 여러분께 바칩니다.

1997년 입춘
라즈웰 호소키

목 차

꿈속의 술상 ·· 1

서문 ··· 6

제1화 「선조 대대로…」 ······························· 11
　소다츠의 사계절 안주 (春)유채꽃 피자 ············· 16

제2화 「조촐하게…」 ·································· 17
　나의 주점 답사기 ①초밥 가게에서 한 잔 ··········· 22

제3화 「잉어여 오라」 ································ 25

제4화 「후카가와동 기행」 ···························· 30

제5화 「와인 마시기 좋은 날」 ························· 35
　인터넷과 술 ······································ 40

제6화 「소다츠의 사이클링」 ·························· 43
　소다츠의 사계절 안주 (夏)문어 감자 샐러드 ········ 48

제7화 「올해 첫…!」 ································· 49
　곤드레만드레 취재 리포트 (一)양조장 견학 ········· 54

제8화 「청천벽력」 ·································· 58
　나의 주점 답사기 ②소바 가게에서 한 잔 ··········· 63

제9화 「여름의 문턱」 ································ 66

제10화 「환상의 폭포」 ······························ 71

제11화「장어의 날」 ··· 76

제12화「야간경기에 맥주를!!」 ······································· 83

나의 주점 답사기 ③장어 가게에서 한 잔 ················· 88

제13화「도쿄 특산 맥주」 ·· 91

제14화「여름의 추억」 ··· 96

고가도로 아래에서 입가심 ·· 101

술 한잔 인생 한입 번외편 ··· 105

소다츠의 사계절 안주 ㉙으름육사 ······························ 116

제15화「중양」 ·· 117

곤드레만드레 취재 리포트 ㊁아사쿠사 특산 맥주 ······· 123

제16화「소다츠 맥주」 ··· 127

제17화「독신의 맛」 ·· 132

제18화「절경이구나!!」 ·· 137

소다츠의 사계절 안주 ㉞즉석 무 초밥 ······················· 145

제19화「신칸센」 ·· 146

나의 주점 답사기 ④즉석 식당에서 한 잔 ················· 151

제20화「모닥불 안에는?」 ·· 154

제21화「더 바텐더」 ·· 159

제22화「술맛」 ··· 164

코치의 불가사의 169
제23화 「예술과 술」 171
제24화 「복어」 176
나의 주점 답사기 ⑤야키니쿠 가게에서 한 잔 182
제25화 「스키야키 논쟁」 184
제26화 「숯불구이」 189
곤드레만드레 취재 리포트 ㊂시음회 194
소다츠의 사계절 안주 ㊍ 무를 갈아 얹은 바지락 오믈렛 198
후기 199

제1화 선조 대대로…

그냥 우사미라고 해.

우와. 저택 한 번 끝내주네, 우사미… 아니 미야가와.

오랜만이야, 이와마.

실례합니다~

오~!

지금 다 나가고 나 혼자거든.

*일본에서는 여자가 시집을 가거나 남자가 데릴사위로 들어가면 배우자의 성을 따르는 것이 일반적이다.(역주)

11

대대로
….

엄마가 딸한테 대대로 물려주던 거래.

한 100년도 더 됐다는 것 같더라.

히나 인형 좀 봐라, 굉장하네.

우리 장인어른도, 그리고 그 윗대도 다 데릴사위였대.

거 참, 먼 길을 마다하고 온 보람이 있네.

이 지방에서는 성대하게 치르는 게 관습이거든.

히나마츠리라 해서 감주나 애들 먹는 튀밥 같은 것만 있을 줄 알았는데.

상이 제법 으리으리 한데!

그래~.

우리 처형 큰딸.

지금 온대, 이모부~.

엄마는?

사야카 왔니?

응? 뭐라고?

이게 이 동네 명물인데…

엄마! 언니가 내 케이크 먹어~!

사야카! 모에카 거 돌려줘!

싫어~!

어서 오세요, 처형.

안녕하세요.

어머나, 이런 시골까지.

안녕하세요.

이와마라고, 제 옛날 학교 친굽니다.

안녕하세요.

어머나, 이와마 씨 오셨어요.

앗, 언니 왔네….

여보 나 왔어~. 휴, 길이 어찌나 붐비는지.

뭘, 아냐….

미안하다, 시끌시끌 해서.

오셨어요? 다들 앉으세요.

어머? 벌써 시작했나 보네?

술맛이 아주 삼삼한데.

자, 쭉 한 잔해라.

앗, 야마시타 사는 유키에 언니네 왔네.

안녕하세요~.

날 왜 불렀는지 알 것 같다.

이런 대가족에 남자는 너 하나라….

아뇨, 별 말씀을….

미안해요, 이와마 씨.

응….

쭉 한 잔해라, 쭉~.

휘몰아치는 봄바람. 어느 샌가 잔 다 비웠네

소다츠

14

여기서 잠깐 ① 「선조 대대로…」

요 근래 보면 사람들 앞에서 아무런 거리낌도 없이 맛있게 한 잔하는 여자들이 자주 눈에 띈다. 참으로 바람직한 일이다. 한 잔하는 즐거움을 누릴 권리는 누구에게나 있는 것이니 말이다.

하지만 오랜 세월 동안 이 땅의 여자들은 그것을 누리지 못했다. 역시 유교에 뿌리를 둔 남존여비 사상이 유입되었기 때문일 것이다.

세상에는 이른바 「여자들을 위한 술」이 있다. 감주, 백주, 매실주, 아카다마 포트와인(20세기 초에 나온 여성용 과실주, 이거 요즘도 있으려나?) 같은 무 알코올 또는 저 알코올 「술」말이다.

지금껏 여자들은 설령 남자보다 센 술꾼이라 해도 이 영역 안에서만 맴돌았다. 그나마도 정월, 히나마츠리 등 극히 한정된 이벤트 동안에만 이를 드러내는 것이 용인되었다.

여자가 당당하게 마실 수 있게 된 것은 극히 최근에 일어난 일이다. 그래도 술집에 가보면 여전히 남자 손님들이 압도적으로 많다. 그러니까 여자 술꾼 여러분, 다들 술집으로 나와 더 많이 마셔주시길 바랍니다. 더욱 더 살기 좋은 세상을 만들어보자고요!

거 참, 먼 길을 마다하고 온 보람이 있네.

이 지방에서는 성대하게 치르는 게 관습이거든.

●레시피

소다츠의 사계절 안주
㊍유채꽃 피자

　봄 향기를 듬뿍 머금은 오되브르(전채)풍 안주. 만두피가 바삭하게 구워지면 성공. 만두피는 교자용도 괜찮지만 네모나게 생긴 완탕용이 만들기 편하다. 머스타드 대신에 마요네즈나 토마토 케첩을 넣어도 쓸 만하다. 유채꽃은 너무 데치지 않도록. 그리고 작게 써는 편이 먹기 좋다. 핫소스를 뿌려 맥주나 양주랑 같이 안주로 들어보시라.

제2화 조촐하게…

오, 소다츠,
벌써 왔잖아?

에구구,
아직 춥네.

여기서 잠깐 ② 「조촐하게…」

이 세상에는 대체 이런 걸 누가 사나 싶을 만큼 억 소리 나오는 고가품이 여럿 있다. 예를 들면 수십만 엔짜리 양복이라든가, 수천만 엔짜리 보석이라든가, 수억 엔짜리 맨션이라든가…. 술의 세계에서도 마찬가지다. 빈티지 와인이야 골동품 같은 거니 별개로 치더라도, 역시 같은 종류에 같은 양인데도 큰 가격차가 나는 일이 비일비재하다.

물론 그래도 결국 술은 술이다 보니 보석이나 맨션 같은 것들과 달리 비싼 것이라 해도 무리해서 사자면 못 살 것도 없는 가격이지만, 아무래도 쉽사리 손이 가질 않는다.

나 같은 경우 일단 위스키는 2000엔까지. 사케는 한 홉에 역시 2000엔. 와인은 한 1500엔까지? 이 지경까지 궁상이 몸에 배면 설령 복권 1등에 당첨된다 해도 그 비싼 술을 홀라당 사버리고 그럴 수는 없게 된다. 기껏해야 방구석에서 당첨권을 신주단지 모시듯 쳐다보면서 두부탕에 소주로 한 잔… 이거야 원, 아무리 나라도 내 궁상에는 정말 오만 정이 다 떨어지는구만.

어차피 나 같은 인간은 그런 거 당첨도 안 된다 이 말씀이야.

술이 없는 초밥 가게, 그런 곳은 보통 잘 없다.

초밥에 앞서 바로 뜬 회 몇 점 시켜놓고 안주삼아 먼저 한 잔하는 일은 술꾼에게 있어 크나큰 묘미로, 이는 결코 거를 수 없는 일종의 의식과도 같은 것이다.

또한 보통 주점에서는 결코 구경도 못할 진미가 안주로 나와 술맛을 한층 더 돋우는 것 또한 초밥 가게에서만 겪을 수 있는 일이다.

이렇듯, 초밥 가게는 기본적으로 「밥집」이면서도 술꾼에게는 참으로 반가운 「술집」이기도 하다.

하지만 나는 처음부터 실컷 마시기보다는 일단 가볍게 한 잔 하고 나서 얼른 초밥이 나오기를 기다리는 편이다. 물론 그렇다고 해서 그만 마신다는 소리가 아니다. 초밥이 나오면 이번에는 초밥을 안주삼아 계속 마신다.

초밥은 밥이면서도 동시에 안주가 되는, 그야말로 흔치 않은 존재라 할 수 있다. 똑같은 재료라도 초밥처럼 쥐지 않고 치라시즈시처럼 뒤섞어서 내놓으면 도무지 술 생각이 안 나는데 말이다.

참으로 멋진 음식 아닌가, 초밥이란. 누군지 몰라도 처음 발명한 사람한테 훈장이라도 줘야 하는 거 아닌가 싶다.

하지만 아무리 초밥 가게와 술이 서로 떼어놓을 수 없는 관계라고 해도 맥주나 사케 말고 다른 주류는 과연 어떨까?

가끔씩 보면 카운터 안쪽 선반에 위스키 보틀(보통 다○마나 로○얄)을 줄줄이 늘어놓은 모양새가 꼭 무슨 스낵바를 방불케 하는 초밥 가게가 있는데, 그건 아니지 않나 싶다.

위스키와 초밥, 아무리 생각해도 궁합이 맞지 않는다.

그리고 와인을 내놓는 초밥 가게도 나는 싫다. 화이트 와인이라면 생선이랑 궁합도 괜찮고, 얼핏 보기에 세련되고 진취적으로 보일지도 모른다. 하지만 잘 생각해 보면 와인의 원료는 포도가 아닌가. 포도와 초밥. 으아, 상상만 해도 이상하지 않나?

은테안경에 사마스 자켓을 걸친 모양새를 보아하니 꼭 어디 동네개업의 같이 생긴 부부가 광어에 화이트 와인으로 한 잔하는 걸 보고 있노라면, 당장에 입 안 가

나의 주점 답사기

① 초밥 가게에서 한 잔

득 와사비를 퍼넣고 싶어질 지경이란 말이다.

역시 초밥에는 쌀로 빚은 일본주 즉 사케가 제일이다. 생선과 초와 쌀이 완벽하게 조화를 이루고 있는데, 거기다 굳이 다른 요소를 끼워 그 밸런스를 망쳐서야 어디 쓰나.

그나마 살짝 양보한다 치면 대충 소주 정도?

다만 이것은 어디까지나 일본 국내에만 해당되는 이야기다. 파리나 방콕, 뉴욕 같은 데 있는 「SUSHI」 가게라면 딱히 상관없다. 샴페인이든, 메콩이든, 버본이든, 뭐든 다 내놓으시라.

그나저나 얼마 전, 아는 사람 안내로 어느 초밥 가게에 들른 적이 있다.

상점가에서 조금 떨어진 데 있는 탓에 꽤나 찾기 힘든 가게였는데, 심지어 바로 앞에서 왔다 갔다 해도 알아차리기가 쉽지 않을 만큼 눈에 잘 안 띄는 가게였다.

하지만 이 가게가 또 썩 괜찮더라는 거 아닌가. 재료도 신선하고, 술도 엄선된 상표로 이것저것 갖춰났더라. 그리고 무엇보다 주인장의 솜씨가 빼어났다.

그런데 여기서 나는 태어나서 처음 보는 광경과 맞닥뜨렸다.

이것저것 시켜먹던 중 「오늘은 고등어가 괜찮은 게 들어왔습니다」라는 주인장의 말에 우리는 냉큼 초밥으로 쥐어달라고 부탁했다. 그러자 이 양반이 우리 몫을 쥐면서 자기 것도 하나 같이 쥐는가 싶더니, 우리 몫을 내놓으면서 방금 쥔 자기 것을 입에 털어넣지 뭔가. 그러더니 힘차게 고개를 끄덕이고는 「음, 맛있군」이라며 한마디.

재료를 뜨다가 남는 자투리를 주인장이 입에 털어넣는 초밥 가게는 드물지 않게 볼 수 있지만 일부러 자기 먹을 초밥까지 하나 해먹는 가게는 처음 봤다. 게다가 자평까지 한 마디 덧붙이다니.

하지만 이건 나쁠 것 없는 일이기도 하다. 지금 내가 먹는 것은 바로 내 눈앞에서 요리사 본인도 역시 맛있게 먹는 것이라는 이야기가 되니까. 이만큼 확실한 보증이 또 어디 있을까?

에치고 산 향토주가 더없이 맛있게 느껴지는 나이스한 밤이었다.

하지만 만약 주인장이 직접 먹어보니 맛이 없었으면, 그때는 과연 어떤 광경이 펼쳐졌을까? 마찬가지로 「음, 맛없군」이라 했을까…?

제3화 잉어여 오라

얼른 술독에 풍덩 뛰어들고 싶구나.

대체 뭔 회사가 이러냐.

골든위크 내내 휴일근무라니,

에구구~

과연 문 연 술집이 있을까?

이런 고스트 타운에…

하지만…

밖엔 신선한 해산물 그림이 걸렸던데!

아니 잠깐, 사장님! 뭐냐고요, 이 메뉴!

이야! 비즈니스 타운 술집의 귀감이네요, 귀감이야!

생맥주 찬잔떠요

지금 이 순간에도 세계의 시장은 다 쌩쌩 돌아가고 있는데 말입니다.

이건 그냥 흔한 스낵바 메뉴잖아요?

어라?

오늘의 메뉴
어묵 튀김
마른 오징어
오이&양념장
두부&양념장
이상

그럼 일본 경제의 내일을 위해 회라도 먹으면서 사기를…

그, 그럴 수가….

지금은 그것도 다 떨어져서 텅텅 비었답니다.

그래도 연휴 시작할 땐 재고가 좀 있었는데,

그게… 연휴 동안엔 어시장도 안 열거든요.

고기들도 다 어디 놀러가야죠.

어라?

에휴, 왜 다들 그렇게 한꺼번에 쉬냔 말이야.

아, 손님!

그럼 저도 이만…

손님들도 다 가셨으니 별 수 없죠.

오늘 끝났나요?

실은요, 어쩌면…

조금만 더 있다 가세요.

오~!

연휴에 가게 열어놓고 기다린 보람이 있어…!

역시! 월척이네, 미야 씨!

토네가와 개울 천연 잉어는 최고라고.

물회에, 토장국에… 그럼 오늘 밤은 잉어로 잔치를 벌여볼까요!

에, 에헴.

솔직히 처음부터 이게 목적이었죠?

비즈니스맨의 오아시스 라면서요? 말해봐요~

얼큰히 취해 한밤 중에 노니는 잉어 한 마리 소다츠

28

여기서 잠깐 ③ 「잉어여 오라」

「첫째가 내장, 둘째가 껍질, 그리고 매애애애앤 마지막이 살」

생선을 맛있게 먹는 순서를 나타내는 이 명언을 남긴 천재는 대체 어디 사는 누구였을까? 사실 딱히 감출 일도 아니지. 바로 내가 한 말이라 이 말씀, 에헴! 앗, 죄송합니다. 그러니까, 제 말이 뭐냐하면 일단 들어보시라….

우리 고향이 식용 잉어 산지였던 관계로 나는 어릴 적부터 날이면 날마다 잉어를 먹고 살았다.

토장국, 소금구이 등 잉어를 먹는 데에는 여러 방식이 있지만 우리 집 같은 경우 간장과 설탕으로 달착지근하게 졸인 조림이 인기메뉴였다. 바로 이 조림만 나왔다 하면 너무 좋아서 말도 안 나올 지경이었다.

먼저 둥글게 썬 내장을 먹는다. 달착지근하게 졸아든 내장이나 간장은 잡맛이 없는 진미. 알집이야 두말할 나위도 없다.

다음은 껍질, 잉어 요리는 비늘을 따로 벗기지 않는다. 그 큼직한 비늘은 술안주로 딱 제격이라, 그 독특한 식감을 즐기며 하나하나 꼭꼭 씹어 먹는다.

이것만 가지고도 찬술이 술술 넘어간다. 그리고 남은 살은 덤. 살은 잔가시가 많고 흙냄새도 나고 해서… 어흠, 어흠! 지금까지 이 남자가 잉어를 맛있게 먹는 법이었습니다. 이상! 휴….

제4화 후카가와동 기행

잔뜩, 캤어요.

야호~!

당연히 '후카가와동' 이지.

그럼 뭐 할 건데요?

안 돼 안 돼. 그런 흔해빠진 메뉴는.

뜻뜻

아니면 버터찜?

그냥 술찜으로 할까요,

원래 후카가와 지역 어부들이 도쿄 만에서 흔하게 잡히던 바지락으로 해먹던 요리가 시초였다고 해.

후카가와동 이라는 건 말이야, 바지락과 파를 졸여서 밥에 얹은 덮밥이지.

후후후, 역시 몰랐군.

뭐예요, 그게?

네? 이와마 선배 레시피…?

레시피 가르쳐줄게, 집에 가서 해보라고.

직접 잡은 바지락으로 하는 만큼 더 맛있을 거야.

그렇지?

우와, 맛있겠다!

못 미더운데요.

하긴 가끔 현지의 맛을 보는 것도 나쁠 건 없겠지.

야호, 가자!

몬젠나카쵸 역.
MONZENNAKA

뭐? 하지만 이만큼 캤는데…

그럼 먹고 가요.

있기야 있지만….

이 근처에 파는 가게는 없어요?

……

모처럼 본고장에 왔으니까 먹고 가요, 네?

배고파 죽겠는데~

하지만 집에 가서 해 먹으려면 시간이 걸리잖아요.

31

어제 내가 아는 후카가와동이랑 다른데.

다른 가게 가보자.

'후카가와동' 나왔습니다.

어라? 왜 그래요, 선배?

와, 맛있다!

......

바지락이랑 우엉, 야채, 달걀이 들었네요.

그래도 맛있어요.

이것도 딱 이거다 싶은 삘이 안 오는데.

이름도 후카가와동이 아니라 후카가와메시고 말이야.

이집은 바지락을 아예 밥이랑 같이 쪄서 내놓네.

'후카가와 메시' 나왔습니다.

어어? 나 배 꽉 찼는데요….

또 다른 가게 가봐야겠군.

*'메시'는 일본어로 '밥'이라는 뜻.(역주)

최근 들어 후카가와 명물로서 부활한 요리랍니다.

가게마다 제각각 독자적인 스타일로요.

후카가와동은 원래 전쟁 뒤로 한참 동안 명맥이 끊겼다가

이거다! 이거야!

바로 이게 전에 TV…

후카가와동 다 됐습니다.

아, 그게 실은…

그나저나 왜 가게마다 다 다를까요?

아니 내가 원래 아는 후카가와동이라고!

날 저무는데
바지락 모래 뱉는
소리 들리네
소다츠

두 번째 가게 들어갈 때까진 분명 있었는데….

뭐 나야

카스미는 배부르다며 레시피도 안 듣고 가버렸지만,

내 바지락!

어라?

지금부터 집에 가서 소다츠 특제 후카가와동을…

그깟 바지락 밥 2~3공기 쯤, 워밍업이나 다름없지.

여기서 잠깐 ④ 「후카가와동 기행」

후카가와동 하면 역시 바지락. 바지락 하면 조개. 조개 하면 관자. 뭔 소릴 하려고 이렇게 뜸을 들이는가 하면 그러니까, 바로 관자 이야기다.

우리 아버지는 옛 고도성장기에 영업 일로 항상 여기저기 출장을 다니셨다. 그러한 출장길에 술벗이 되어준 것이 바로 역내 매점에서 산 가리비 관자 말림으로, 집에서 한 잔하실 때도 곧잘 남은 걸 안주삼아 드시곤 했다.

아버지는 때때로 내 입에 말린 가리비 관자를 하나 쏙 넣어주시고는 「이거 아주 비싸고 귀한 거니까 바로 삼키지 말고 천천히 맛보면서 먹어야 한다」 그런 말씀을 하셨지만, 난 원래 사탕이든 뭐든 입안에 들어온 건 당장 먹어치우지 않고서는 못 배기는 성미라, 매번 순식간에 꿀꺽 삼켜버리고 별로 맛도 없다며 속으로 중얼거리곤 했다.

하지만 관자라는 게 귀한 거라는 인상은 확실히 남았는지, 다 큰 어른이 된 지금도 나는 바지락 버터찜 같은 거 먹고 나서 조개껍질에 붙은 관자를 하나하나 떼어먹지 않으면 성에 차질 않더라.

하지만 그게 또 잘 떨어지질 않으니, 원.

지금부터 집에 가서 소다츠 특제 후카가와동을…

그깟 바지락 밥 2~3공기 쯤, 워밍업이나 다름없지.

그깟 조개 관자 좀 떼어먹겠다고 그렇게 낑낑대는 꼴을 옆에서 보면 틀림없이 쩨쩨해 보일 것이다. 하다못해 가리비라면 또 모를까, 바지락 아닌가, 바지락.

그래도 난 역시 관둘 수가 없다 이 말씀이야.

제5화 와인 마시기 좋은 날

좋아, 그럼 주류코너에서 와인을….

찾았다.

얼음, 얼음….

응?

398
엔⋯

와인
398엔

확실히
싸긴
하군⋯.

398엔
이라,

엄청 싼 와인도
있다고 들은
적은 있는데⋯.

나도 한 번 큰맘먹고
3000엔대 와인이나
사볼까.

미카와 주류점

398엔짜
리.

관두고
아까
그걸로
사자.

아까
그 와인의
약 7배.

너무
호사부리는
거 아닌가?

하지만
와인 한 병
에 3000엔
이라니,

36

술꾼으로서 나도 프라이드가 있다고…

이런 걸 계산대에 내밀 수야 없지.

왜~!

판 두자, 팔 뭐,

하지만

화이트랑 레드, 핑크 와인, 이렇게 세 개 사도 1000엔 좀 넘는 정도네.

24 MART

너무, 유치해…

그리고 뭐야, 이 이름은 …?

역시 뚜껑은 코르크였으면 좋겠는데.

이 가격대늠 다들 금속제

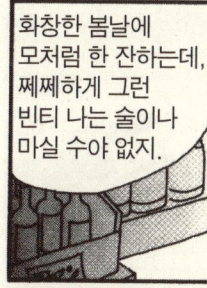

화창한 봄날에 모처럼 한 잔하는데, 쩨쩨하게 그런 빈티 나는 술이나 마실 수야 없지.

역시 3000엔짜리로 사갈까.

미카와 주류점

이건 390엔, 더 싸잖아.

여기도 있네.

와인 390엔

어라?

요만한 거 한 병에 3000엔이라니, 그만한 값어치를 한다는 보장이 있나?

…다시 보니 역시 비싸군.

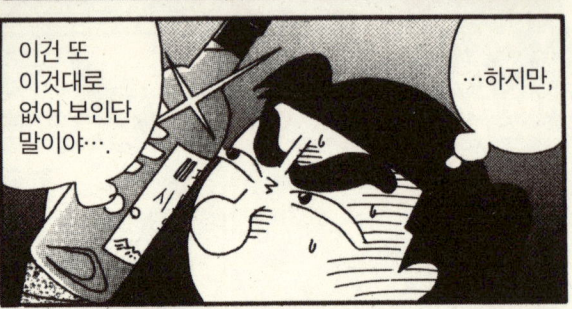

이건 또 이것대로 없어 보인단 말이야…

…하지만,

그리고 술은…

정어리 통조림에 빵이랑 치즈,

안주 는…

공원에서 소풍을 즐기는 게 제일이지.

휴일에는 부담 없이

때는 5월, 이런 화창한 봄날

와인 속 앙금

푸르른 초목처럼

풋내 감도네

소다

매번 결국 이 정도 선에서 타협하게 되더라니까.

1000엔 짜리 와인.

형씨, 초밥이나 장어가게 가면 벌벌 떨면서 주저시키는 타입이지?

여기서 잠깐 ⑤ 「와인 마시기 좋은 날」

옛날에 내 담당이었다가 어느 날 갑자기 회사를 그만두고 소믈리에 학교에 들어간 편집자 양반이 하나 있다. 신규 담당자 인수인계를 겸해 한 잔하러 갔다가 와인에 대한 그의 뜨거운 열정을 나는 접할 수 있었다.

그 양반 말에 의하면 억 소리 나올 정도로 비싼 와인 같은 경우 실제로 마셔보면 역시 억 소리 나올 정도로 맛이 엄청나서, 「그럼 대체 지금까지 내가 마시던 와인은 다 뭐였지?」 하는 탄식과 더불어 와인에 대한 종래 인식을 죄다 갈아치울 수밖에 없게 될 정도라고 한다. 좌우지간 마셔보지 못한 사람은 알 수 없는 세계가 펼쳐진다든가.

나는 그 이야기를 듣고 그 억 소리 나올 정도로 비싼 와인에 대한 동경과 절망을 동시에 느꼈다.

예를 들어 내 눈앞에 그 와인이 마개가 뽑힌 채 놓여있는데, 마침 내가 또 현찰을 잔뜩 가지고 있다고 치자. 그런데 보틀 하나 분량, 작은 디캔터 하나 분량, 글래스 하나 분량, 소주잔 하나 분량 중 나라면 대체 어느 사이즈를 살까?

나는 기껏해야 소주잔 사이즈가 한계일 것이다. 하지만 그 정도 가지고는 그 맛을 제대로 못 보겠지. 그래서야 나는 평생 그 억 소리 나오는 와인의 세계를 알 수 없을 것이다. 그냥 그렇다는 이야기다.

아무튼 O구리 씨, 꼭 훌륭한 소믈리에가 되었으면 해요.

최근 인터넷을 시작했다.

뭐가 뭔지 어쩨 알쏭달쏭하긴 하지만 요즘은 개나 소나… 아니 나이 70이 넘은 노배우 타카쿠라 켄 같은 양반도 인터넷, 인터넷, 하는 세상이라, 나도 한 번 해봤는데 확실히 굉장한 물건이었다. 전 세계의 별의별 정보가 다 무제한으로 날아드는 기절초풍할 미디어가 아닌가.

「별의별 정보」가 다 있는 만큼 당연히 술에 관한 내용도 잔뜩 있더라. 아니, 정확히 말해 인터넷에서도 술은 상당히 큰 관심을 사는 장르 가운데 하나일 것이다.

사케 양조장 홈페이지만 해도 수가 상당하던데, 따로 검색은 안 해봤지만 와인이나 맥주나 위스키 회사 사이트 그리고 개인이 취미로 만든 곳까지 합하면 분명 세계적으로 굉장한 규모에 달할 것이다.

양조장 홈페이지는 뭐니 뭐니 해도 해당 양조장의 명주를 직접 주문할 수 있다는 점이 매력이다. 성분표나 레이블을 보고 있노라면 나도 모르게 목구멍이 근질근질해진다. 하지만 홈페이지 자체는 어느 양조장이나 비슷비슷한 것이, 술 빚는 과정을 그림으로 설명한다든가 향토요리를 함께 소개하는 등 나름대로 볼거리는 있지만 결국 팸플릿의 영역을 벗어나지 않는 경우가 많은 것 같다.

그런 홈페이지보다 재미있는 것은 불특정다수 이용객이 몰리는 「게시판」이라는 공간이더라.

그 어떠한 주제든 자신이 관심을 느끼는 것이나 말하고 싶은 것 또는 궁금하게 여기는 것에 대해 써두면, 어디 사는 누군지도 모를 사람이 나타나 공감을 표시하기도 하고 감상이나 의문에 답하기도 하는 등 반응을 보여주는 것이 아닌가.

세상 돌아가는 이야기부터 연애 상담에 이르기까지 그 토픽은 천차만별이지만 먹고 마시는 것과 관련된 이야기도 다수 눈에 띈다. 특히 술 좋아하는 사람들은 인터넷에도 상당수 포진하고 있는 모양이라, 술 관련 화제도 노상 튀어나온다.

「향토주 추천 요망」이라든가 「ㅇㅇㅇㅇㅇ 와인에 관해 알려주실 분」이라든가 「지금 퇴근하고 버본 한 잔하면서 컴퓨터 앞에 앉아있습니다」 등등 누가 뭐라고 글을 적으면, 얼마 안 있어 「전 니가타 특산주가 좋던데…」라든가 「그건 이탈리아산 와인인데…」라든가 「전 더운 물 탄 소주 한 잔하는 중이에요」라는 식으로 답글이 달리더라 이 말이다.

내 눈에 들어오는 범위만 놓고 봐도 역시 이 세상에는 술꾼들이 꽤 많구나 하는 사실이 실감나더라.

얼마 전 이 게시판에 「좋아하는 맥주는?」이라는 질문이 올라왔다. 「전 XXX 라거…」, 「전 도야마 △△라는 특산 맥주…」라는 식으로 각자 좋아하는 맥주를 언급하기에 나도 「옛날에 나오던 에델필스란 맥주가 좋았는데 요즘은 보이지 않아서 아쉽다」 뭐 그런 글을 달아뒀다.

에델필스란 저 멀리 북쪽 어느 도시 이름이 붙은 대형 맥주회사가 제조·판매하던 맥주로, 기분 좋게 목을 넘어가는 그 고급스런 쓴맛에 한때 내가 무척 즐겨 마시곤 했다. 하지만 매년 속속 등장하는 신제품 러시 와중에 어느샌가 자취를 감추고 말더라.

그런데 얼마 뒤 「에델필스 요즘도 있는데…」라는 답글이 새로 달리는 게 아닌가. 뭐?! 깜짝 놀라 자세히 읽어보니 음악 관련 게시판에 나랑 자주 이야기를 나누는 「D」란 사람이던데, 그의 말에 의하면 에델필스는 일반적인 맥주에 비해 만드는 데 호프가 2배나 들어가는 반면 열화가 빨라 제조사 입장에서는 번거로운 상품이라 결국 시판을 중단했지만, 업소용에 한하여 예약생산 ONLY로 몇 군데 출하하는 케이스가 있다며 「자기네 가게」에서도 조만간 입하 예정이 있다는 것이었다.

음악 관련 이야기를 곧잘 나누긴 했어도 직업까지는 몰랐는데, 아무래도 음식 관계 일을 하는 모양이었다. 그나저나 에델필스가 아직도 제조되고 있다니, 정말 기쁜 정보가 아닌가. 더욱 자세한 것은 메일로 알려주겠다고 하기에 냉큼 내 주소를 알려줬더니 곧 답변이 날아왔다.

그에 따르면 D는 신주쿠에 있는 어느 음식점에서 일하는데, 바로 얼마 전 맥주회사에서 영업사원이 가져온 시음용 샘플로 에델필스를 처음 맛봤다든가. 역시 맛이 있었다고. 게다가 D의 가게는 종업원 취향에 따라 어떤 주류를 취급할 것인지 정하는 데라, 토사의 명주 「스이게이」 준마이 같은 것도 들여놓고 판다고 한다.

이 원고를 집필하기 바로 며칠 전에 일어난 일이다. 에델필스가 지금도 생산되며, 에델필스를 마실 수 있는 가게가 현존하고, 또한 에델필스가 왜 그렇게 맛이 있는지에 관해서도 알 수 있었으니, 그야말로 인터넷 만만세가 아닌가.

술이나 술집 관련 정보는 뭐니 뭐니 해도 실제 입소문이 제일이지만, 개인적인 경험만을 토대로 삼노라면 어쩔 수 없이 그 범위가 제한되고 만다. 하지만 인터넷에서는 전국각지, 세계각지의 정보를 긁어모을 수가 있다. 정말이지 놀라운 도구가 아닐 수 없다.

전국의 술꾼 여러분, 이 좋은 걸 아직도 안 쓰십니까?

그리고 D형, 고마워요. 다음에 한 잔하러 갈 테니 그때 봅시다.

제6화 소다츠의 사이클링

감사합니다.
또 오세요.

잘 먹었
습니다.

생맥주랑
그린 샐러드
나왔습니다~

짹
짹

일요일

ㅋ

꿀꺽 꿀꺽

감사합니다~

잘 먹었어요~

끼익

부우웅

사케랑 쇠고기 볶음 한 접시요.

어서옵쇼, 뭐로 드릴까요?

예, 예,

하이네켄에 피자토스트 해서 1030엔 되겠습니다.

피자토스트 나왔습니다.

사케 한 병이랑 와사비 어묵!

*규동 : 일본식 쇠고기 덮밥.(역주)

*츄하이 : 소주 등 증류주에 탄산수를 섞은 음료.(역주)

45

서, 성공 이다.

가게 10군데 12시간 안에 완주!

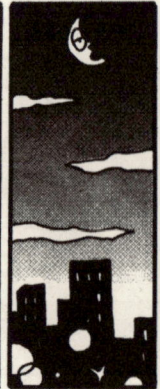

손님, 다이키리 카테일 나왔습니다.

이와마 소다츠 **홀리데이 알코올 릴레이** 데이터

1996 年 ×月○日(sun)   AM7:00~PM7:00

건

○ 꼭두새벽~해질녘까지 12시간 동안.
(다음날 일에 지장 없도록)

○ 이동 수단은 자전거.

○ 가게 1군데마다 알코올 음료와
안주(기본 안주 말고)
하나씩 필히 주문.

	상호	종류	술	요리	가격
1번째	베니즈	패밀리 레스토랑	생맥주(한 잔)	샐러드	824
2번째	요시야	규동	사케(한 홉)	쇠고기 볶음	730
3번째	세피아	카페	캔맥주(250cc)	피자 토스트	1,030
4번째	야부안	소바	사케(작은 병)	와사비 어묵	900
5번째	교자정	중화요리	맥주(큰 병)	교자	1,100
6번째	스시	타츠 초밥	사케(작은 병)	전어 회	1,500
7번째	타이거	비어 홀	흑맥주(중간 잔)	양배추 초절임	1,081
8번째	미요시	이자카야	츄하이 1잔	찬 두부	950
9번째	칸스케	일식	찬 술(한 홉)	젓갈	1,850
10번째	루나	BAR	다이키리 1잔	누에콩	1,300

합계 11,265

밤꽃의 풍취 오월의 깊은 밤을 취하게 하누나

소다츠

축 릴레이 완주! 그런데 내일 출근이잖아, 어서 돌아가야지!

으~ 힘들다~!

정신이 들고 보니 집에서 너무 멀리 왔네….

으느적 으느적

으느적

그나 저나…

여기서 잠깐 ⑥ 「소다츠의 사이클링」

아직 해가 중천에 뜬 대낮부터 한 잔할 만한 가게는 꽤 되지만, 아침부터 한 잔할 수 있는 데는 그리 흔치 않다.

아침부터 한 잔할 수 있는 귀중한 장소 중 대표적인 데가 바로 패밀리 레스토랑이다.

체인마다 구비된 술 종류가 천차만별이라 뭐든지 다 마실 수 있는 건 아니지만, 그래도 역시 보물 같은 곳이라 할 수 있다. 나는 만화 아이디어를 궁리하러 온갖 시간대에 패밀리 레스토랑을 찾는데, 이른 아침~오전 시간대에 꼭 눈에 들어오는 것이 바로 일 막 끝내고 들어온 택시 운전사들이다.

항상 정해진 자리에 진을 치고 앉아 이런저런 담소를 나누면서 식사를 하고 요리와 맥주(큰 잔으로)를 즐기곤 한다. 일 다 끝내고 다들 한숨 돌리는 그 모습은 너무나도 부러운 광경이다.

저번에는 저녁에 일 마친 회사원 아가씨 하나가 샐러드를 안주삼아 맛나게 맥주잔을 기울이는 것을 목격했다. 하긴 어디 이자카야 같은 데였으면 젊은 아가씨 혼자 들어가긴 좀 그랬겠지. 이것도 참 부럽더라.

생맥주랑 그린 샐러드 나왔습니다~

하지만 다들 할 일 끝내고 상쾌한 기분으로 마시는 술이 아닌가. 내가 같은 데서 같은 걸 마신들, 닥쳐오는 마감 생각에 그리 맛나게 마시지는 못했을 것이다. 그래, 후딱후딱 해치우고 다 마친 뒤 느긋하게 한 잔해야겠다.

소다츠의 사계절 안주
㉞문어 감자 샐러드

　문어회는 처음 사올 당시 사이즈 그대로 재웠다가 잘게 썬다. 조금 더 감칠맛이 필요하면 감자 샐러드에 올리브유를 첨가해도 괜찮다. 감자 샐러드와 마카로니 샐러드를 반반씩 섞어줘도 OK. 그밖에 카레로 맛을 낼 수도 있고, 후추로 스파이시한 맛을 살려도 괜찮다. 좌우지간 입맛대로 온갖 다양한 배리에이션이 다 나올 수 있다. 다 되면 냉장고에 넣고 차게 식혀뒀다가 맥주랑 같이 들어보자.

문어 감자 샐러드

문어회

감자 샐러드에
잘게 썬 문어를 넣는다.

올리브유

식초

올리브유를
뿌리고 섞는다.

파슬리

냉장고에 몇 시간 동안
재워둔다.

완　성

냉장고에 넣고
차게 식힌다.

잘게 썬다.

제7화 올해 첫…!

후후후.

뭐가
그렇게 좋아서
그러시나?

첨벙

총각,
뭐 좋은 일
있나 봐?

후후후후후.

*라멘(일본라면)은 본래 현지화한 중화요리의 일종으로, 그로 인해 '츄카소바(중화국수)'라고
불리기도 한다.(역주)
*히야시츄카 : 일본식 중화냉면 또는 냉라멘에 해당하는 여름 음식.(역주)

오이. 구운 돼지고기, 달걀 등을 가늘게 썰어 담아낸 히야시츄카 고명은 맥주 안주로 딱 그만이다.

소다츠의 히야시츄카 시식법

①먼저 맥주를 마시며 느긋하게 고명을 집어먹는다.

②고명을 다 먹었으면 그 다음에는 면을 후루룩!

③마지막으로 국물을 쭉 들이킨다.

여기 히야시츄카 하나요!

히야시츄카 말씀인데요…

?

과연 어떤 맛일까?

이 가게는 오늘 처음인데,

저, 손님…

이렇게 대문짝만하게 써 붙여놨구만…

그게…

저기…

혹시 아직 개시 안 했다 뭐 그런 건 아니겠죠?

뭐요?

여기서 잠깐 ⑦ 「올해 첫…!」

소다츠는 히야시츄카가 세상에서 제일 좋아 어쩔 줄 모르는 것 같은데, 나는 한여름에도 뜨끈뜨끈한 라멘을 즐겨 먹는다. 솔직히 히야시츄카는 잘 먹지 않는 편이다. 물론 막상 먹어보면 맛있다는 생각은 들지만, 역시 뜨거운 것과 찬 것 둘 중 어느 쪽을 먹을 것인지 택일하라고 하면 아무래도 뜨거운 것을 고르게 된다.

애당초 히야시츄카라는 것 자체가 몇 입 먹다 보면 순식간에 다 끝나는 음식 아니던가. 게다가 그런 것치곤 가격도 꽤 되는 편이고. 물론 만드는 데 잔손이 많이 가는 모양이니 그 점은 어쩔 수 없는지도 모르겠다만.

그러나 초여름이 되어 라멘가게 점포 앞에 나붙는 「히야시츄카 개시」 안내문를 보면 나 같은 사람조차 어쩐지 가슴이 두근거린다.

때문에 일부 열광적인 히야시츄카 팬들이 벌인다는 「1년 내내 히야시츄카 판매 촉구」 운동에 나는 단호히 반대하는 입장이다.

먹거리의 계절감이 점차 희박해지는 요즘 같은 세상에, 그래도 라멘가게의 히야시츄카나 소바가게의 히야무기, 디저트가게의 시라타마 정도는 여름이 도래했음을 알리는 풍물로서 꼭 계절한정메뉴로 유지되었으면 좋겠다.

그나저나 소설가 츠츠이 야스타카랑 야마시타 쇼스케가 만들었다던 「전일본 히야시츄카 동맹」인가 하는 거, 그거 아직도 있긴 있나?

(一) 양조장 견학

이번 권에 실린 달맞이 술 이야기(제18회 절정이구나!) 중 사케 책에서 우연히 눈에 띈 「츠키마루」라는 술을 작중 내보냈는데, 그랬더니 츠키마루를 만드는 양조장에서 다이긴조를 한 병 보내주시더라. 쾌재를 부르며 상자를 열어보니 「언제 저희 양조장에도 한 번 놀러오십시오」라는 서신이 같이 들어 있는 게 아닌가.

양조장 견학이라니! 실은 「술 한잔 인생 한입」에서도 한 번쯤 양조장을 소재로 썰을 풀어보고 싶었지만 좀처럼 기회가 나지 않던 참인데 이런 기회를 놓칠 수야 없지. 무엇보다 양조장 견학, 하면 당연히 시음… 아니 그러니까 독자 여러분께 「술이 어떻게 만들어지는가」를 정리해서 보여드릴 사명이 있다 이 말씀이야.

좌우지간 그런 연유로 나는 담당편집자 S미야 씨랑 둘이서 츠키마루를 만드는 N주조가 있는 도쿄 하치오지에 도착했다. 때는 1월, 혼합 공정으로 한창 바쁠 시기였다.

하치오지는 도쿄 도내이면서도 어쩐지 꼭 무슨 타 현 현청소재지처럼 시끌벅적함과 차분함이 공존하는 거리로서, 그야말로 딱 양조장이 들어설 법한 분위기가 감도는 곳이다. 양조장은 역에서 차로 10분 거리쯤 떨어진 가도 옆에 있었다.

기와로 된 지붕과 하얀 벽 그리고 아래쪽 절반을 검게 칠한 미늘 달린 판자벽에 얼기설기 엮은 울타리가 늘어선 풍취 있는 건물 제일 끝, 그곳에 위치한 쇼룸에 들어가 예약이 있음을 알리자 한 청년이 내려와 우리를 맞이했다. 명함을 보니 전무이사를 맡고 있는 사장님 자제 분인 것 같았다. 그 뒤 사무소에 들어가 사장님이랑 인사를 후딱 마친 뒤 우리는 곧장 위생복으로 갈아입고 양조장 내부에 들어섰다.

옛날 에도시대에 창업한 N주조는 원래 간장을 만들던 곳이었다고 한다. 그러다가 술을 만들게 된 것은 메이지 시대에 들어서면서부터. 간장을 만들던 시절부터 다 합하면 그 역사가 약 200년에 달하는, 실로 유서 깊은 양조장이다. 현재 시설은 2차 대전 당시 공습으로 불타버린 것을 전쟁 뒤 다시 세운 것이라고. 그렇다 함은 이 또한 50년 이상 된 건물이란 이야기, 여기저기 틈새로 바람이 드나들어 실내에 있어도 꽤 춥다. 그야말로 양조장다운 분위기를 물씬 풍기더라.

실내로 들어가 보면 눈앞에 쌀가마니가 쌓였는데 그 안에는 정미된 쌀이 들었다. 다이긴조용, 긴조용, 혼죠조용… 등등 술 종류별로 알맞게 깎인 쌀이다.

그런 다음 이 쌀을 물에다 씻고, 쌀이 충분히 물을 빨아들이면 시루로 쪄낸다.

이 중미(拯米) 과정을 거쳐 「고두밥」은 셋으로 나뉜다. 그 중 일부로 누룩을 만들고, 또 다른 일부로 주모(酒母)를 만들며, 나머지는 나중에 다 같이 섞을 때 쓴다.

누룩은 쌀의 전분을 당분으로 바꾸는 작용을 하는 재료인데, 국실(麴室)이라 해서 온도가 조절되는 밀실에서 만들어진다. 실온은 그때그때 상황에 따라 30도에서 42도 사이를 오르내리게 되어 있다. 우리가 들어갔을 때 온도는 30도였는데, 밖이 추웠던 탓인지 그리 덥다는 생각은 안 들고 오히려 쾌적할 정도였다. 좌우지간 그 방 안에서 대 위에 고두밥을 깔고 국균을 뿌린다. 그런 다음 뭉쳐서 그대로 재워두면 누룩이 된다. 국균이 쌀눈을 향해 서리처럼 번진 것이 좋은 누룩이라고 한다.

국실에서 건조대로 옮겨 말리는 누룩을 시식해봤다. 달고 향긋했다. 긴 여운이 남는 스낵 과자 같은 느낌이었다.

고두밥 가운데 또 다른 일부는 주모를 만드는 방으로 간다. 주모는 효모라고도 하는데, 누룩에 의해 당분이 된 전분을 이번에는 알코올로 바꾸는 효소를 대량으로 배양하기 위한 원료이다.

그리하여 완성된 누룩과 주모를 남은 고두밥 그리고 물과 혼합해 탱크에 주입하는데, 그 온도 관리가 또 난관이라고 한다. 이는 보통 4일 동안 3회에 걸쳐 진행되는데, 이것이 흔히 말하는 3단 혼합이라는 것이다. 혼합 탱크 안에서는 전분→당분→알코올로 변환(이 변환이 한 공정에서 한꺼번에 이루어지는 술은 일본주, 그러니까 사케밖에 없다는 것 같더라)이 진행되어 결국 「술덧(아직 거르지 않은 술)」이 만들어진다.

이 높다란 탱크 입구 주위에 설치된 판 위로 사다리를 타고 올라가 들여다보니 발효가 진행된 탱크 안에서 부글부글하는 소리가 들리고 냄새도 제법 술 같은 게 올라오더라. 할 수만 있다면 한 번 들어가 맛보고 싶을 정도였다.

하지만 그건 안 될 말이라고 하더라. 만에 하나 이 탱크에 빠졌다간 그대로 죽을 거라고. 발효로 인해 탄산가스가 잔뜩 나오는 관계로 떨어지면 곧장 질식해버리고 만다든가. 동반자살이나 마찬가지라 구하러 내려갈 수도 없단다. 으음… 맛있어 보이는데, 무시무시하구만.

이런 낡은 설비를 사용하는 양조장에서는 하루하루 기온변화에 발효가 좌우되는 관계로 혼합하는 과정에서도 온도관리가 난관이라고 한다. 같은 술로 혼합해도 각 탱크마다 맛이 다 다르다는 게 아닌가. 만드는 입장에서는 고생이 끊이지 않겠

지만 생초짜가 보기에는 그게 더 재미있어 보인다. 지역 특산 향토주를 만드는 곳
이라는 이미지가 감도는 양조장인데 막상 실제로 찾아가보니 논 가운데 웬 7~8층
짜리 현대식 빌딩이 들어서 있고 거기서 웬 첨단공법으로 술이 생산되고 있더라…
뭐 그런 일도 요즘은 더러 있는 모양인데, 정말 흥이 깨지는 이야기가 아닌가.

좌우지간 그 다음에는 숙성된 술덧을 걸러 술지게미와 탁주로 나눈다. 이것이
「생원주(源酒)」로, 이 단계에는 아직 효모가 살아있다. 이것을 여과하고 열로 살균
한 뒤 물이랑 섞어 저장한 것이 이른바 「청주」라는 것이다.

혼합하고, 거르고, 통에 담는 과정까지 구경한 뒤 양조 견학은 종료. 이쯤 되면
몸도 차게 식어서 뭔가 따끈따끈한 걸로 몸을 좀 녹이고 싶어진다…. 불현듯 조금
전 탱크의 내용물이 뇌리에 떠오르지만, 쇼룸에서 마지막으로 총정리를 듣게 되었
다. 그래, 보는 것도 일, 듣는 것도 일이지.

듣자하니 츠키마루라는 술은 이 양조장에서 5년 전부터 만들기 시작한 술이라고
한다. 원래 이 양조장에서는 다른 술을 만들었는데, 심기일전하여 새롭게 만든 츠
키마루가 지금은 거의 주력상품이 되었다든가. 츠키마루라는 이름은 그냥 떠오르
는 대로 지은 이름으로, 딱히 별 유래 같은 것은 없는 모양이다. 레이블 디자인은
어느 유명 디자이너가 한 것이라고. 좌우지간 새로운 감각, 새로운 사케라고 할 수
있다.

하지만 그렇게 새로운 컨셉을 띤 술을 이렇게 낡은 설비로 만들어 내다니, 정말
흥미롭기 이를 데 없는 일이다.

계속 설명을 해주시던 젊은 전무님(사장님 자제분)에 의하면 원래 이 양조장은
외가 쪽에서 하던 것으로, 전무님은 바로 이 츠키마루 프로젝트가 한창 진행 중일
때 이 업계에 들어오셨다고 하더라. 아직 젊고 업계에서 지낸 햇수도 그리 오래되
지 않았지만, 주조에 대한 열정은 범상치 않은 것 같았다. 술에 대해서 내가 던진
온갖 초보적인 질문에도 어찌나 진지하게 답을 해주시던지, 참으로 많은 공부가
되었다.

그러던 와중에 「혹시 이 뒤에 다른 일정 없으면 한 잔 안 하시겠습니까?」라는 은
혜로운 한 마디가 드디어 나왔다.

한 잔이라, 설마 여기까지 와서 차나 커피 같은 게 나오는 건 아니겠지? 어흠,
기다리느라 목 빠지는 줄 알았습니다요! 마시는 게 제 일이라니까요, 일. …그렇
게 기대감에 부푼 가슴을 부여잡고 잠시 기다리자 곧 시음용 사발 세 개와 병이 하
나 나왔다.

사발에는 탁한 우윳빛 술덧이 들어 있었다. 거르기 전이라 아직 쌀알이나 누룩이 든 상태였다. 그 중 하나는 다이긴조 용으로 막 거르기 직전 것, 그리고 나머지 둘(준마이와 긴조)은 아직 발효가 진행 중인 것이었다. 그리고 병에 든 것은 탁주를 거를 때 자루를 직접 짜지 않고 그냥 자연스럽게 흘러 떨어지는 것만 받아 모은 다이긴조라고 하더라. 하나같이 양조장까지 찾아오지 않고서는 맛볼 수 없는 것들이었다.

먼저 다이긴조 술덧부터 트라이. 그런데 한 모금 마셔보고 깜짝 놀랐다. 기가 막힐 정도로 농후하고, 달콤하고, 확 올라오는 데다 발포성 산미까지 띈 맛. 게다가 쌀알과 누룩이 혀와 입천장 사이에서 뭉개질 때마다 필설로 형용하지 못할 쌉싸레한 향기가 일었다. 한 마디로 맛있다는 말 말고는 달리 설명할 길이 없는 맛이었다. 술을 마시면서 이런 맛을 경험해보는 건 처음이었다.

나머지 두 술덧은 발효 중이라 그런지 아직 술이라 부를 만한 것은 아니었다. 여러 맛이 어우러지지 않고 제각각 따로 놀더라.

병에 든 다이긴조는 술덧을 먼저 맛보고 마시는 거라 그런지 꼭 물처럼 넘어간다는 인상이 들었다.

좌우지간 거르기 직전 술덧, 이게 정말 끝내주더라. S미야 씨랑 둘이서 쟁탈전을 벌여가며 결국 다 먹어치우고 말았다. 말이야 바른 말이지, 쌀이라는 곡식도 정말 대단한 곡식이 아닌가. 아무래도 이거, 쌀의 힘을 여실히 느낄 수 있는 원주 계통 사케의 맛에 나도 눈을 뜨고 만 것 같다.

술덧의 독한 알코올 기운에 헤롱헤롱해가며 문득 밖을 쳐다보니 벌써 땅거미가 지더라. 슬슬 일어날 시간.

양조장 스태프 여러분과 작별인사를 나누고 우리는 도심보다 평균 기온이 낮아 쌀쌀한 해질녘의 하치오지를 떠났다.

이전까지 아무리 책을 읽어도 좀처럼 머리에 들어오지 않았던 「사케가 만들어지는 과정」에 대한 이해가 크게 진전된 것 같은 기분에, 즉시 현장 그러니까 술집에서 그 지식을 되새기며 다시 한 번 사케를 맛보고 싶은 생각이 들었다. 그래, 확실하게 마무리까지 다 해야 비로소 「일」이 끝났다고 할 수 있지.

그리하여 우리 취재팀은 다음 일을 위해 삭풍이 부는 하치오지를 등지고 다음 「현장」으로 향했던 것이다.

제8화 청천벽력

영차.

터덜
터덜

강수확률은 0%로 오늘은 하루 종일 맑은 날씨가 계속될 것으로 보입니다.

토요일

하지만 맑은 날씨도 오늘로 끝나고 내일부터는 구름이 낀 날씨가….

겸사겸사 운동화도 빨아둘까?

다음에는 작년 캠핑 때 쓴 침낭도 말리고,

그러고 보니 여기 오므라이스도 간만이네요~

마지막으로 이불을 빨아 널었던 게 4월…

하하, 이불을요?

아주 상쾌하시겠네.

감자 샐러트 나왔습니다.

아, 맥주랑 오므라이스 곱빼기요.

예이.

그리고 침낭은 작년에 캠핑 가서 쓴 뒤로 거들떠도 안 보다가 오늘 빨았죠.

처, 천둥? 이, 이런!

엥?

어쩌면 천둥소리였을지도?

응?

지금 무슨 소리가 들린 것 같은데?

비야 오지 마라! 오지 마! 아직 오면 안 돼!

사장님! 나 맥주랑 오므라이스 취소요!

다 다다

큰일이네, 어느새 먹구름이 잔뜩 꼈어요.

뭐야?
결국
안 왔잖아,
비?

사,
살았다~!

그리고
그 다음날부터는
갠 날 한 번 없이
내내 장마가
계속되었다.

새 이불
적시는 잔.
흠뻑
구슬땀
뻘뻘 흐르네
소다츠

으악~!
이불이
~!!

맞아. 냉장고에
치킨라이스
있었지?

이럴 줄 알았으면
그냥 오므라이스나
먹을 걸 그랬네.

꿀꺼
꿀꺼

달걀 부쳐서
같이 먹으면 그게
오므라이스지,
뭐.

여기서 잠깐 ⑧ 「청천벽력」

보통 집에 오면 꼼짝도 안 하려 드는 가장들 중에서도 연말연시나 환절기가 되면 환풍기, 망창 청소를 하는(개중에는 한 소리 듣고 마지못해서 하는) 남자들이 제법 있는 것 같다.

그런 집안일 역시 다 하고 나면 맥주 맛이 썩 괜찮다. 휴, 다 끝났다! 끝났어! 그 순간의 성취감은 회사일 못지않다 이 말이다.

그런데 요즘 떠오른 생각이 하나 있다.

어쨌거나 회사도 아니고 그냥 집안에서 하는 일인데, 기왕 하는 거 술 좀 마시면서 해도 되는 거 아닌가?

그 왜 「남자의 요리」라느니 하면서 홀짝홀짝 마셔가며 요리하고 뭐 그런 거 있지 않았던가. 그런 게 OK라면 「남자의 환풍기 청소」라든가 「남자의 망창 청소」 뭐 그런 식으로 집안일 좀 하다 마시고 집안일 좀 하다 마시고 그래도 괜찮을 것 같은데.

하지만 그랬다간 과연 어찌 될지, 감이 안 잡히는 것도 사실이다. 술 마시면서 하는 요리도 처음에는 순조롭지만 요리가 다 될 무렵에는 본인도 떡이 다 되게 마련이니까.

마지막으로 이불을 빨아 널었던 게 4월…

게다가 회사에서는 상사가 일을 감독하지만, 집 같은 경우 「마누라」라는 훨씬 더 무시무시한 「상사」가 버티고 있으니.

으음… 역시 일 다 끝낸 다음에 마시는 게 나을 것 같다.

② 소바 가게에서 한 잔

나의 주점 답사기

소바 가게는 예로부터 가볍게 한 잔하기에 딱 적당한 곳으로 술꾼들 사이에서 정평이 난 곳이다. 하지만 초밥 가게에 비해 소바 가게는 일반「밥집」성격이 짙은 곳이므로 소바 가게에서 한 잔할 시에는 주의할 필요가 있다.

이자카야처럼 들뜬 기분으로 술판을 벌이다가, 소바나 우동을 즐기러 홀가분하게 가게를 찾은 일반 손님들한테 폐를 끼치지 않도록 할 것.

먼저 술은 사케 같은 경우 작은 병으로 2~3병 정도. 긴조니 혼죠조니, 이것저것 따질 것도 없다. 온도도 그냥 살짝 데우거나 혹은 상온에서 식힌 걸로, 좌우지간 가게에서 내주는 대로 군소리 없이 마신다.

안주는 많아야 2가지 정도로. 소바가게의 안주는 기본적으로 소바에 들어갈 고명이다. 어묵은「오카메소바」, 닭고기는「토리난반소바」, 달걀은「츠키미소바」등등. 이것저것 무턱대고 시켜댔다가 소바에 들어갈 밑천을 다 거덜 내서야 못쓸 일이다.

다 마셨으면 마지막으로 냉메밀이나 하나 시켜 후루룩 먹고 자리에서 일어선다. 이것이 소바 가게에서 세련되게 한 잔하는 스타일… 아, 하지만 난 도저히 그렇게 못할 것 같다.

도쿄 칸다 쪽 구 렌자쿠초에는 예로부터 내려오는 유서 깊은 가게들이 줄줄이 늘어선 유명한 미식 스팟이 있는데, 그 중 소바로 유명한「M」이라는, 세련된 술꾼들이 갈 만한 좋은 가게가 있다.

하지만 M은 그 동네 생긴 것 답지 않게 가격 면에서나 분위기 면에서나 무척 서민적인 곳이라, 이른 저녁부터 술 좋아하는 샐러리맨들로 가게 안이 가득하다. 샐러리맨들이 많이 찾는다 함은 곧 그 가게가 마음 편한 가게라는 좋은 증거다.

M 뒤쪽에 있는 무진장 유명한 가게,「Y」같은 경우 전혀 다른 양상이 펼쳐진다. 거긴 완전 고급음식점 같은 분위기라, 꼭 황송한 마음으로 굽실굽실거려가며 얼른 먹고 마시고 나와야 할 것만 같은 기분이 든다. 고객층도 다르다. 꼭 무슨 미식가나 문화인입네 하는 사람들이 많이 드나드는 것 같다.

Y를 비롯하여 그 일대 가게들은 다들 이런 분위기를 띠지만, 유독 M은 그와 달리 무척 대중적이다.

그럼에도 M은 술꾼들이 아무리 몰려들어도 이자카야처럼 부어라 마셔라 술판이 벌어지지 않고 소바가게의 정취를 항상 유지하는 점이 대단하다.

다만 저녁 시간 되고 조금 지나면 그땐 줄을 서야만 들어갈 수 있다는 점이 단점이라고나 할까. 그래도 가게가 이렇게 괜찮아서야 다들 들어가고 싶을 테니 어쩔 수 없지.

「M」하니 떠오르는 추억이 하나 있다.

벌써 10년도 더 된 일인데, 처음 이 가게를 방문했을 당시 나는 메뉴도 안 보고 「카모난반소바(오리고기 온면)」를 주문했다. 그러자 가게 아가씨가 「저희 가게는 카모난반소바 안 합니다」라고 하는 것이었다. 나는 속으로 「뭐야, 보아하니 제법 오래된 가게 같은데 아직도 카모난반소바를 안 해? 오리고기 철이 된 지가 언젠데 말이야…」 그런 건방진 소릴 다 해가며 메뉴를 뒤적인 끝에 「토리난반소바(닭고기 온면)」를 주문했다.

다 먹고 계산을 하러 일어났더니 계산대 뒤쪽에서 주인장이 「여기 뒤쪽 Y 같은 가게는 카모난반소바도 하지만, 저희는 튀기오리를 써도 진한 그 냄새를 안 좋아하시는 손님들이 많이 계셔서 아예 안 한답니다」라며 온화한 표정으로 공손하게 설명해주시더라.

나는 가게에 처음 오는 뜨내기한테도 친절하게 대해주는 이 유서 깊은 가게 주인장의 됨됨이에 대한 큰 호감과 동시에 아까 품었던 건방진 생각이 떠올라 얼굴이 화끈거렸다. 돌이켜보면 처음 오는 가게에서 메뉴도 안 보고 대뜸 「카모난반 소바 하나」라니, 내가 너무 잰체했는지도 모르겠다.

그 뒤 미식 붐이니 뭐니 해서 여기 주인장도 TV나 잡지 같은 데 종종 나오고 그러던데, 언제나 변함없이 진지하고 평정을 잃지 않는 그 태도에 나는 홀딱 빠지고 말았다.

그리고 M을 찾을 때마다 그 양반 얼굴 보는 것 역시 내게는 큰 낙이 되었다.

한동안은 연말에 M에서 그믐 분위기를 만끽하며 한 잔하는 것이 마음에 들어 거의 연례행사처럼 드나들기도 했는데, 요즘은 일이 바빠 잘 가보지도 못하는 게 아쉬울 따름이다.

다음에 언제 갈 기회가 생기면 풍류고 뭐고 없이 부어라 마셔라 술판을 벌여 그동안 못 간 울분을 한꺼번에 터뜨려 볼까, 어디 한 번…?

제9화 여름의 문턱

기상청에 의하면 큐슈 남부는 오늘로 장마가 끝나고…

여기서 잠깐 ⑨ 「여름의 문턱」

장마철 추위라는 말이 있다. 확실히 긴 장마가 계속되다 보면 내일 모레가 여름인데 반팔 입고는 못 다닐 만큼 싸늘한 날씨가 며칠씩 이어지는 날이 있다.

나팔꽃 축제라든가 꽈리 장터 같은 행사들도 보면 한여름의 정취가 느껴지는 대표적인 여름 풍물이라는 인식이 있지만, 사실 이들 행사는 장마철에 열린다.

한여름 기분으로 반팔에 반바지만 입고 나갔다가 날씨가 너무 쌀쌀해서 그만 인근 술집으로 피난한다든가, 막상 실내에 들어갔더니만 밖은 한여름이겠거니 하고 냉방을 틀어놓아 전혀 피난처 구실을 못 한다든가, 그래서 한여름에 따끈하게 데운 술이랑 두부탕 같은 걸 시켜 웃음을 산다든가 하는 일도 종종 있다.

생각해보면 1년 중 「딱 좋은」 계절은 별로 없는 것 같다. 너무 춥거나, 너무 덥거나. "바로 얼마 전까지만 해도 밖에서 땀 뻘뻘 흘리면서 찬 맥주를 들이켰는데, 벌써 이렇게 뜨끈한 방구석에 틀어박혀 전골 안주로 뜨겁게 데운 술이라니!" 왜, 흔히들 그러지 않던가?

제10화 환상의 폭포

다 합쳐서 꼬박 2시간은 걸은 것 같은데,

계곡 옆 도로를 벗어난 지 벌써 1시간,

이 소리는….

응?

도무지…

겨우 다 왔네.

여기가 타로 폭포…

오오!

건배!

물이 차니 금방 식는구나.

그럼 폭포를 위하여…

쪼르륵

쭈욱·

이와마 소다즈
폭포를 감상하며
한 잔할 시

사케〈다이긴죠〉

물 꽁치구이
비 마른 오징어
준 성게 꽂살
날오이

으음...

와작
와작

캬

여긴 완전
별천지
구나~

그나저나 도심은
지금 불볕더위가
한창인데,

역시 된장에
찍어먹는
날오이가
제일 맛있네.

이것저것
가져왔지만

역시
비싼 술이라 그런지
술술 넘어가네.

훌
짝

벌써 이것밖에
안 남았나?

어라?

영
차
영
차
영
차

갓파 : 연못에 살며 오이를 좋아한다고 알려진 일본의 요괴.(역주)

여기서 잠깐 ⑩ 「환상의 폭포」

캠프 같은 데 가면 곧잘 계곡물에다 캔맥주나 주스를 식히곤 한다. 그런데 그거, 얼핏 보면 시원해 보여도 맥주 같은 걸 식히기에는 온도가 조금 높지 않나?

「마실 것은 너무 차가우면 오히려 맛이 잘 안 느껴진다」라는 설 자체는 맞는 말이라고 보지만, 맥주 같은 경우 맛이 좀 덜 느껴지는 한이 있더라도 역시 차가운 게 아니면 맛이 없다. 특히 여름철 아웃도어라면 더욱 더 그렇다. 맥주는 역시 아이스박스 같은 걸로 얼음에 재워 식히는 게 제일이다.

그런가 하면 사케 같은 경우 계곡물 온도가 딱 좋다고 본다. 냉장고가 보관하기에는 편할지 몰라도 막상 마셔보면 너무 차갑다.

아껴둔 다이긴조를 계곡물에 식혀 쭉 들이켠다, 카아~! 그야말로 끝내주는 시츄에이션이 아닌가. 상상만 해도 입에서 침이 줄줄….

다만, 거기까지는 좋은데 심산유곡 같은 경우 정작 사케에 어울리는 안주를 조달하기가 쉽지 않다…. 역시 어디서 덫에 걸린 캇파라도 하나 구해주고 캇파의 「보은」을 기대할 수밖에 없으려나.

제11회 장어의 날

응?

으아, 여기도 꽉 찼네.

도요노우시

어차피 제철 장어도 아니라 맛은 그저 그렇겠지만, 역시 날이 날인지라….

장어

도요노우시 : 입하 전 18일 가운데 축(丑)일에 해당하는 날로, 일본에는 이날 장어를 먹고 더위를 나는 풍습이 있다.

이런 데 장어가게가….

어서 오세요. 안에 자리 있습니다~

살았다. 가격은 평범하네.

꼭 세월의 흐름이 멈춘 곳 같군.

뭐라고 해야 하나,

음… 장어 도시락 하나요.

다 정하셨나요?

78

장어 도시락 나왔습니다.

아이고, 죄송합니다. 그만 다 마시고 말았네요.

장어는 왜 안 드세요?

저,

기름이 자르르 하네! 향기 좋고!

향기만으로도 충분히 안주가 된다네.

이 나이 먹은 노인네한테는 너무 기름지거든, 장어는.

그리고 저기 저 구석자리 영감님한테 사케 한 병 추가요.

감사합니다.

네. 여기 단골손님 아닌가요?

구석자리에?

어르신 이요?

요시카와 옹이라는 분은 옛날 저희 아버님 대부터 가게를 후원해주시던 분인데…

올해에도 역시…

?

그 양반이 분명해!

그거 혹시, '요시카와 옹' 아닌가?

유, 유령이랑 술을…!

그, 그럼 나…

네?

지난 번 간토 대지진 때 돌아가셨답니다.

……

그 뒤로 저희 가게에는 매년 이날마다 술과 장어구이를 저기 구석자리에 차려놓고 공양하는 관례가…

여기서 잠깐 ⑪ 「장어의 날」

도요노우시에 장어를 먹는 풍습은 옛날 에도시대, 여름에 장어가 통 팔리지 않아 시름하던 장어업계의 의뢰를 받은 명사 히라가 겐나이가 장어 소비를 늘리고자 벌인 캠페인이 그 시초라는 설이 가장 널리 알려졌는데, 확실히 그럴싸한 이야기다.

사람은 「정력에 좋다」, 「힘이 솟는다」, 「영양이 많다」라는 말에 약하다. 그런데 가뜩이나 더워 먹어 힘이 쫙 빠질 무렵에 그런 말을 들으면 다들 솔깃해서 달려들 수밖에 없는 것이 인지상정일 것이다.

사실 여름철이 딱히 제철도 아닌데 도요노우시만 되면 거의 조건반사적으로 장어가 먹고 싶어지니, 그야말로 천재적인 술수에 걸려든 셈이다.

집단심리의 영향도 있겠지만, 좌우지간 도요노우시에는 아무리 인파로 붐벼도 기어코 장어가게에 발걸음해 장어를 먹어야만 직성이 풀린다.

그런데 장어가게에서는 요리가 금방 나오지 않는다. 더군다나 그렇게 붐비는 날에는 말할 것도 없다. 그러다 보니 손님들은 요리를 기다리며 술을 마신다. 따라서 술 소비도 쭉쭉 늘어난다.

으음, 어쩌면 히라가 겐나이는 주류업계의 의뢰를 같이 받았는지도 모르겠군.

어차피 제철 장어도 아니라 맛은 그저 그렇겠지만, 역시 날이 날인지라…

제12화 야간경기에 맥주를!

별 참 밝기도 하지.

역시 오봉 연휴,

다른 사람들 좀 봐봐.

됐어, 까짓 것.

여긴 경기 잘 안 보이잖아요.

그런 장소라고. 외야석은.

별밤 아래서 느긋하게 맥주나 한 잔,

잡어야!

5, 6위팀 게임 잔디석이 다 이렇지, 뭐.

야구 룰도 난 하나도 몰라요.

그 얼굴이 그 얼굴로 보임

아뇨.

누구 응원하는 선수라도 있어?

아니면 뭐, 지금 시합하는 팀 중에

선배, 말 다 했어요~?!

카스미 씬 왜 그렇게 쩨쩨해? 그냥 잔디에서 마음껏 뒹굴대다 가는 요금이라 생각하면 되잖아.

어떻게 돌아가는지는 봐야지, 아깝잖아요.

그래도 기왕 돈 내고 들어온 건데,

풍덩

으악!

끼

야

마, 만루 동점 홈런!

와 와 와 와

와

라디오 있었어요?

일어나지 않길 잘했네!

아주 재미있게 돌아가는데!

야호~! 횡재했다~!

나이스 캐치!

작작

저기 카스미 씨, 미안한데 맥주 좀 사다줄래?

작작 작작

한여름 밤의 연장전 부그르르 끓어오르네

소다즈

펑 펑 펑 와

펑 와 와

이러쿵저러쿵 하면서도 볼 건 다 보고 있었네요.

내 차범아! 가라!

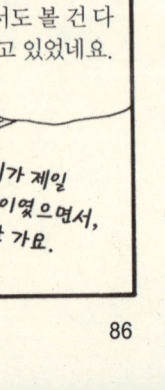

자기가 제일 쫌생이였으면서, 뭐. 난 가요.

여기서 잠깐 ⑫ 「야간경기에 맥주를!」

어느 구장, 어느 팀, 어느 리그라고 말은 못하겠지만(아니, 뻔한가?) 완전 텅 빈 게임임을 몇 번 본 적이 있다.

백네트까진 가 본 적이 없어서 잘 모르겠지만 외야석이나 외야석이랑 가까운 내야석은 그야말로 썰렁하기 그지없었다.

그러니까, 손님이라고는 말 그대로 꼭 무슨 아리조나 사막에 난 선인장 만큼밖에 없는 데다 야구는 다들 안중에도 없더란 말이다. 가끔 진지하게 보는 사람도 있기는 있는 것 같다 싶다가도 알고 보니 상대 팀에게 저주를 쉴 새 없이 퍼붓고 있는 좀 무서운 사람이었던 적도 있고.

하지만 그렇게 한산한 게임도 일단 홈런 같은 게 나오면 다소 시끌벅적해지는 게, 그럴 때마다 문득 맥주라도 한 잔하고 싶어진다.

하지만 정작 한 잔 생각이 날 때면 꼭 맥주장수가 안 보이더라 이 말씀. 별로 생각이 없을 때는 그리도 뻔질나게 왔다 갔다 하더니만. 또는 기껏 뭐 있나 봤더니 내 마음에 안 드는 상표들밖에 없었다든가.

그럴 경우 할 수 없이 매점에 사러 간다. 어차피 보는 둥 마는 둥 하던 시합이었으니. 그런데 꼭 그럴 때면 승패를 뒤집는 세기의 승부 같은 게 펼쳐지고 그러더라.

라디오
있었어요?

일어나지
않길 잘했네!

아주 재미있게
돌아가는데!

「장어 가게의 북재비」라는 만담이 있다.

때는 한여름, 장사를 허탕 친 어느 북재비가 마침 안면이 있는 사내를 길에서 만나 밥이나 얻어먹을 작정으로 함께 장어 가게를 찾는다. 그래서 가게 2층에 자리를 잡고 둘이서 한 잔하다가 사내가 화장실에 간다며 일어선다. 그런데 아무리 기다려도 돌아오지 않기에 이게 어찌 된 일인가 싶어 북재비가 내려가 봤더니 사내는 이미 음식을 싸들고 튄 지 오래라, 결국 북재비가 계산을 하게 되었다는 것이 대략적인 줄거리가 되겠다.

이 이야기에 나오는 장어 가게로 말할 것 같으면 자리는 지저분하지, 물은 시큼하지, 밑반찬은 맛없지, 장어는 딱딱하지, 그야말로 최악의 가게라 할 수 있지만, 가게 2층에 올라가 장어구이가 나오기를 기다리며 야채절임 밑반찬을 안주삼아 한 잔 기울인다는 「좋았던 옛 시절」의 모습이 워낙 정겨워 나는 이 이야기를 꽤 좋아한다. 듣고 있노라면 절로 한 잔 생각이 들지 뭔가.

요즘 세상에 이런 식으로 느긋하게 장어를 먹을 수 있는 건 무슨 고위관료 출신 대기업 낙하산 임원, 혹은 장어 가게에서 키우는 개 정도 아닐까.

현대인들은 일반적으로 기다리기를 싫어한다. 나만 해도 은행 ATM에서 느릿느릿 일을 보는 할머니나, 편의점 계산대 앞에 서서 동전을 찾아 꾸물꾸물 지갑을 뒤지는 아줌마를 보고 있노라면 나도 모르게 짜증이 팍 나 상대방에게 다 들리도록 혀를 차곤 하니까. 그러니 장어가 익기만 하염없이 기다리고 있는 것도 정말 못할 노릇이다.

듣자하니 어느 유서 깊은 가게에서는 처음 마실 것을 내올 때 신문을 함께 갖다준다고 하던데, 이것도 어째 영 마뜩잖은 기분이 든다.

그냥 기다리기만 하느니 역시 술이라도 드는 편이 나은 건 틀림없다. 하지만 나는 그렇게 찔끔찔끔 마실 줄은 모르는 사람이다.

좋았어, 오늘은 사케 한 병 가지고 얼마나 시간을 때울 수 있을지 도전해 보자! 그런 작정을 하고 마셔봤자 처음 한두 모금이 한계, 그 다음부터는 역시 벌컥벌컥 들이키지 않고는 배기질 못한다. 결국 게 눈 감추듯 한 병 다 비운 뒤 밑바닥에 남은 방울이나 핥으며 쩝쩝 입맛을 다실 뿐. 그러다가 끝내 한 병 더 시키기 십상이다.

나의 주점 답사기
③ 장어 가게에서 한 잔

이렇게 된 이상 「키모야키(간 구이)」니, 「카바야키(양념구이)」, 「호네센베(뼈 튀김)」 등을 안주로 시켜 닥치는 대로 집어먹으면서 본격적으로 마실 수도 있겠지만, 이 지경까지 이르면 이미 「기다림」이라 할 수 없다. 그냥 마시다 보니 어느 샌가 시간이 흘렀다고 해야지.

아! 장어 가게의 주도(酒道)란 어쩌면 그리도 험난한지!

그런데 애당초 장어와 사케가 과연 궁합이 맞는 음식인지, 나는 예전부터 그것이 의심스러웠다. 장어가 익기를 기다리는 동안 야채절임을 안주 삼아 마시는 건 나쁠 것 없다. 하지만 장어 자체는 사케보다 맥주나 소주가 더 어울리지 않을까?

아무리 간토 식으로 쪄서 기름기를 뺀다 해도 역시 장어는 사케 안주로 삼기에는 지방이 너무 많다는 것이 내 생각이다. 굳이 꼭 사케를 곁들여야겠다면 기껏해야 맛이 아주 센 혼죠조나 겐슈(原酒) 정도? 긴조 계열은 장어의 그 기름기를 도저히 배겨낼 수 없을 것이다.

양념구이 말고 다른 메뉴를 살펴봐도 장어 가게에는 그다지 사케 맛을 돋울 만한 게 눈에 들어오지 않는다. 결국 나한테 장어 가게란 오로지 장어를 먹기 위해 있는

곳처럼 느껴진다.

　하지만 고전 만담 연구가로도 유명한 모 국문학자는 이렇게 말한다.

　"내 지금껏 별의 별 걸 다 먹어봤지만 사케에는 역시 장어더만. 그 중에서도 생강 간장에 찍어먹는「시라야키(양념 없이 구운 장어)」가 제일이지."

　난 정말 맛있는 것만 골라 먹는다 이 말씀이야, 그리 자랑이라도 하는 양 이마를 빛내는 선생을 보고 있노라니 한참 더 내공을 쌓아야만 느낄 수 있는 맛 역시 존재하는 게 아닐까 싶기도 하다.

　으음, 난 아직 멀었단 말인가?

제13화 도쿄 특산 맥주

더워 죽겠다 고요.

이 다리 건너면 바로라고.

이제 다 왔어.

과장님, 아직 멀었나요~

아사쿠사

오~~ 빨리, 빨리~

자, 여기야. 도쿄 특산 맥주를 맛볼 수 있는 곳이~

이게 다 이 가게에서 직접 빚어서 발효, 숙성시켜 손님에게 내놓는 오리지널 맥주라고.

효모 코프 맥아 끓는물

저장 탱크 발효탱크 자비부 사임조

Brewery Pub
도쿄 특상 맥주
Sumidagawa
브루어리 펍 스미다가와

그리고 여기 살짝 우윳빛이 감도는 탁한 게 이달의 스페셜 '한여름 밤의 꿈'이지.

그리고 이게 퀼쉬 타입이야.

여기 이 색깔 진한 게 알트 타입,

말씀은 일단 건배하고 나서 다시 천천히 듣기로 하고…

일단 건배부터 해요.

맥주가 다 미지근해지기 전에 얼른 마시고 싶어서 도저히….

과, 과장님. 말씀 중에 죄송한데…

허억 허억 허억 허억

알트 타입은 맥아향이 진한 것 같네요.

크아!

꿀꺽 꿀꺽 꿀꺽

건배~!

92

맛을 느끼면서 천천히 좀 마실 것이지.

예? 3종류요? 맛이 서로 그렇게 달랐나요?

카아!

나는 이 '한여름 밤의 꿈'이 정말 마음에 들어.

퀼쉬 타입은 목넘김이 좋으면서도 산뜻한데

카아~

이제야 좀 살 것 같네.

이 산뜻한 쓴맛은 홉사 스미다가 강변에 부는 선선한 바람을 떠올리게 하지

꿀꺽

여기요, 3종류 다 큰 잔으로 한 잔씩 주세요.

지금부터라니까요, 지금부터.

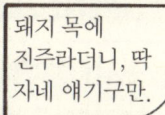

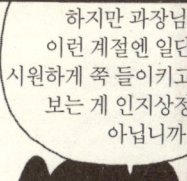

돼지 목에 진주라더니, 딱 자네 얘기구먼.

하지만 과장님 이런 계절엔 일단 시원하게 쭉 들이키고 보는 게 인지상정 아닙니까

어쩐지 보통 맥주보다 취기가 빨리 오르는 것 같은데.

역시 아사쿠사는 좋은 동네네요.

그야말로 한여름 밤의 꿈 같은 밤이군.

아~ 강바람 시원하다~.

전 잠깐
볼일이 있어서요.
먼저들 가세요.

다시 말해 그 가게에서만
마실 수 있는 특산
오리지널 맥주의 인기도
앞으로 점점…

그나저나 확실히
일본에서 시판되는
맥주는 맛에
개성이 없어도 너무
없단 말씀이야.

어때, 2차 갈까?
저기 저 가게,
'전기 브란'.

과장님보다
선배가
더 난리네.

앞으로는
특산 맥주답게
해당 지역의
개성을
살려…

집에서 직접
맥주를 만들 수 있는
'홈브루 세트'.

이거야,
이거.

아.
여깄네,
여깄어.

DEPART

과연
소다츠 맥주는
어떤 맛이
날 것인가…?

오리지널
맥주 이름은
뭐라고 지을까?

올 여름에는 내가
맥주 양조사!

이 친구는
왜 이렇게 흘쭉
실실거려?

바보.

선선한 바람
허리띠 풀고 마시는
아사쿠사의 밤
소다츠

전기 브란 : 19세기 말 일본 아사쿠사에서 탄생한 브랜디 베이스 칵테일(역주)

여기서 잠깐 ⑬ 「도쿄 특산 맥주」

　소다츠 일행이 오리지널 맥주를 마시러 간 비어홀, 그 가게 이전부터 그 자리에는 또 다른 비어홀이 들어서 있었다.

　세월의 흔적이 느껴지는 건물 안으로 들어가면 말 그대로 넓은 홀이 펼쳐졌는데, 건물 뒤쪽에 있던 모 거대 맥주 회사 공장에서 갓 생산된 맥주가 직송되는 시스템으로 당시 아사쿠사의 명소 가운데 하나로서 자리매김한 바 있다.

　고색창연한 건물 분위기 자체도 좋았지만, 맥주 파는 가게답지 않게 그 넓은 홀 도처에 일본식 실내화로가 설치되어 겨울에는 거기다 연탄불을 피워 놓고 다들 곁불을 쬐어가며 마시곤 했다.

　비어가든과 달리 비어홀은 1년 내내 맥주를 마실 수 있는 곳이지만, 겨울은 역시 오프시즌이라는 느낌이 들어 좀처럼 발걸음이 닿지 않는다.

　하지만 그 가게는 예외였다. 매섭게 부는 삭풍 속에서도 다리 건너편 그 가게에서 활활 타오르는 연탄불 쬐며 쭈욱 들이켜는 맥주 맛은 실로 각별하기 그지없어, 그것만으로도 일부러 아사쿠사까지 행차할 만한 가치가 충분히 있었다.

　그러고 보면, 극히 평범한 생맥주이긴 했지만 그건 분명 「오리지널 맥주」였던 것 같다.

돼지 목에 진주라더니, 딱 자네 얘기구만.

하지만 과장님, 이런 계절엔 일단 시원하게 쭉 들이키고 보는 게 인지상정 아닙니까.

제14화 여름의 추억

여기서 잠깐 ⑭ 「여름의 추억」

예전과 달리 요즘은 여름이 다 갈 무렵 느껴지는 서운함이 오히려 약간 기분 좋게 느껴진다. (뭐?)

예전에는 마냥 서운하기만 했는데, 요즘은 그 서운함을 음미할 융통성이 생겼다고 나 할까? (그냥 나이를 먹어서 그런 게 아니고?)

해변에 나뒹구는 빈 바디로션 병이나 망가진 비치 샌들 같은 잔해는 한여름 피서철에 어떤 개념 없는 멍청이가 버리고 간 쓰레기에 지나지 않지만, 인기척 하나 없는 가을철에 한해서는 꿈만 같이 아련한 축제의 잔향이 된다. (진짜?)

여름에 걸어놓고 아직 안 치운 베란다 풍경(시끄럽다), 쓰고 남은 선향 불꽃놀이(영 재미가 없더라), 이들 모두 멜랑꼴리한 가을의 시. (갑자기 뭔 헛소리야?)

동서양을 막론하고 예로부터 수많은 시인, 가수들이 계절의 변화를 접하고 싱숭 생숭한 마음에 술을 벗하며 노래를 부르고 시를 읊곤 했다. (무슨 소리가 하고 싶은데?)

그러니까, 감상에 젖은 이 마음을 달래줄 수 있는 건 역시 술밖에 없다, 이 말씀.

(뭐야, 결국 한 잔하고 싶단 소리잖아?)

오늘 밤은 지나간 영화의 세월을 그리며 잠시나마 세상의 무상함을 잊고 잔을 기울여야겠다. (숙취 조심!)

어느 호텔 파티에서 맛없는 사케만 잔뜩 들이킨 담당편집자 S미야 씨와 나는 입가심을 하기 위해 유라쿠초의 옛 도쿄도청 근처, 고가도로 아래 주점가로 향했다.

이곳은 술 좀 한다하는 이 동네 샐러리맨들 사이에서는 싸고 맛있기로 평판이 자자한 곳으로, 작은 술집들이 모여 복작거리는 모양새가 마치 세월을 몇 십 년은 거꾸로 돌린 것만 같은 분위기가 감도는 거리다.

실은 오래 전에 한 두어 번 아는 사람들이랑 같이 와본 적이 있는 곳인데, 오랜만에 다시 찾았건만 하나도 변치 않았다는 점이 무척 반가웠다. 하지만 당시 들렀던 가게가 어느 가게였는지, 그건 도무지 떠오르질 않는 것이었다. 그래서 여기저기 조금 둘러봤더니 무진장 붐비는 가게도 있는가 하면 텅텅 빈 가게도 있더라.

기왕 들어가는 거, 사람 많은 가게가 낫겠다 싶어 패나 활기가 넘치는 가게 한 군데를 골라 들여다보니 자리가 꽉 찬 눈치였다. 이 일을 어쩐다? 여긴 틀렸나? 하지만 그렇다고 파리만 날리는 어디 다른 가게에 들어가긴 싫은데~ 그런 식으로 몇 군데 술집을 돌며 문전에서 오락가락하고 있노라니, 아까 그 사람 바글바글한 가게에 웬 남자 둘이 들어가는 것이었다.

자리가 없어서 금방 나올 줄 알았는데, 이 사람들이 좀체 나오질 않는 게 아닌가. 그래서 슬쩍 들여다봤더니 안쪽에 따로 방이 있어 거기 들어가 앉는 참이더라. 난 또, 방이 따로 있었구나. 그럼 우리도 앉을 수 있겠군. 그렇게 속으로 중얼거리며 우리는 그 뒤를 따라 곧장 가게 안으로 들어섰다. 두 명이라 하니 가게 아줌마가 역시 방으로 우리를 안내했다.

방에 들어갔더니 상이 두 개 놓여 있고, 먼저 들어온 남자 둘이 입구 방향으로 등을 돌린 채 한 상에 나란히 앉아 있었다. 우리가 안으로 들어서자 아줌마는 곧바로 이들과 같은 상에 합석하라는 지시를 내리더라. 안쪽에 있는 다른 상을 봤더니 웬 짐에다 기자재 같은 것들이 잔뜩 널브러져 있는 모양새가, 좌석이 아니라 이미 일종의 인테리어로 전락한 지 오래였다. 이래서야 합석하는 수밖에 없겠구만, 그리 수긍하며 자리에 앉자 이번에는 각자 소지품이, 비어 있던 다른 상까지 넘어가면 안 된다는 아줌마의 지시가 날아들었다.

그 말에 내 짐을 살펴보니 딱히 삐져나가지도 않았던데, 다시 말해 앞으로 삐져

나갈 거라 미리 예상하고 주의를 줬다 이건가? 거 잔소리 하고는.

맥주와 닭꼬치를 주문하고 분위기를 지켜보니 아무래도 가게 쪽에서 고자세로 나오는 모양새가, 소위 「가게가 상전 행세를 하는」 스타일 같더라. 참내, 그렇지 않아도 맛대가리 없는 사케만 잔뜩 들이키고 입가심으로 한 잔하러 왔더니 이번에는 웬 콧대 높은 가게가 걸렸네? 씁쓸한 표정을 지으며 맥주와 닭꼬치를 입으로 가져갔는데, 아니 이럴 수가. 닭꼬치는 맛이 썩 괜찮은 게 아닌가. 순식간에 둘이서 열 꼬치를 먹어치우고 한 접시 더 주문하고 말았다.

결코 깔끔하다고는 말 못할, 아니 솔직히 까놓고 말해서 너저분한 점내 분위기. 콧대 높은 접객 태도. 하지만 맛이 기막힌 닭꼬치. 이들 요소가 절묘하게 어우러져 모종의 독특한 분위기를 자아내고 있더라. 이렇게 조건이 딱 맞아떨어지면 콧대 높은 접객 태도조차 나름대로 매력처럼 느껴진다. 자리가 비면 또 곧장 다른 손님이 들어와 항상 붐비는 만큼 가게에 활기가 넘쳐흐른다는 점도 좋다. 아무래도 퍽 괜찮은 선택이 아니었나 싶다.

그런 생각에 한 잔 기울이며 가게 안을 슥 둘러봤더니 이게 또 재밌더라.

근처 테이블석에서 학생으로 보이는 손님 둘이 주뼛주뼛 입을 여는 소리가 들린다. "저, 저기 죄송한데요, 아까 한 명 더 온다고 했는데, 역시 못 온다네요. 죄송합니다…." 보아하니 나중에 온다던 친구가 못 오는 바람에 결과적으로 4인석을 둘이서 차지하고 만 셈이라 사과하는 모양. 예의 한 번 바르다고 해야 하나, 소심하다고 해야 하나. 굳이 그렇게까지 저자세로 나올 건 없지 않나 싶다가도 다른 한편으로는 워낙에 가게가 가게다 보니 그런 심정이 드는 것도 이해 못 할 바는 아니다 싶어 무심결에 S미야 씨랑 마주보며 웃고 말았다.

그러자 우리 눈앞의 두 사람도 쓴웃음을 짓는 게 아닌가. 이를 계기로 우리는 그들과 이야기를 나누게 되었다.

그들의 말을 들어보니 이 가게는 콧대가 높기는 해도 음식이 맛있어서 언제나 붐빈다고 한다. 그리고 잘 보니 뻣뻣하게 마냥 고자세만 취하는 것은 아니었다. 닭꼬치에 뿌릴 조미료가 왠지 큰 접시 한가득 놓여 있다든가, 맥주를 종류별로 이것저것 갖춰 놓기는 했는데 죄다 품절이라 기껏 벽에 붙여 둔 맥주 메뉴표가 거진 다 뒤집혀 있는 등, 어쩐지 얄밉게만 보기 힘든 우스꽝스러움이 감도는 것이었다

술이 점점 들어갈수록 우리 넷 사이에서 어색함이 점점 사라진다.

이야기를 들어 보니 이 둘은 회사 동료로, 원래 가려던 가게가 꽉 차는 바람에

이리 왔다고 한다. 둘 다 양복 말고 캐주얼한 옷차림에 수염까지 기른 걸 보니, 매스컴 관련 회사라도 다니는 모양이었다. 우리는 만화가랑 담당편집자 일행이라고 일단 말은 했는데 과연 얼마나 이해했는지는 잘 모르겠다. 하긴, 아무럼 어때. 술집에서 중요한 건 상대방이 어떤 일을 하느냐가 아니라 나랑 파장이 맞느냐 하는 점이 아니던가.

딱히 입을 맞춘 것도 아닌데 우리와 그들 일행은 다 같이 그 가게를 나와 유라쿠초 역전에서 작별했다. 그 뒤「아직 아까 그 맛없는 사케가 다 안 가셨어. 한 잔 더 합시다」라며 S미야 씨랑 같이 개찰구를 뒤로 하고 발걸음을 옮기려던 찰나, 조금 전에 헤어진 두 사람이 쫓아와 우리를 불러 세우는 게 아닌가. 이야기를 들어 보니, 먼젓번에 들어가려다 자리가 꽉 차는 바람에 못 들어간 가게를 지금 다시 갈까 하는데, 생각 있으면 우리도 함께 가서 한 잔하는 게 어떻겠냐고 하더라. 하여간 생선이랑 사케가 맛있는 가게라고 하던데, 얼마나 맛있는 가게일지에 대해서는 솔직히 반신반의했지만 그밖에 어디 딱히 짚이는 가게가 있는 것도 아니고 해서, 결국 이것도 다 인연 아니겠는가 싶어 따라가기로 했다.

신바시 근처에서 조금 걷다 보면 나오는 우리의 목적지는 이번에도 고가도로 밑에 있는 가게였다. 일렬로 쭉 늘어선 카운터 하나가 인테리어의 전부인 이 좁다란 가게는, 마치 의자도 없이 서서 먹는 라멘 가게 또는 카레 가게를 연상케 했다. 아무리 봐도 맛집처럼 보이지는 않던데… 뭐니 뭐니 해도 화장실도 없어서 맞은편 빌딩 공동화장실까지 가야 할 정도였으니까 말이다.

이번에는 손님도 거의 없어 우리 일행은 별 어려움 없이 자리를 잡았다. 앉아서 벽을 흘끔 바라보니 반갑게도 지역 특산주가 이것저것 구비되어 있는 게 아닌가. 시험 삼아 차갑게 식힌 사케를 하나 주문, 마시기 시작하면서 함께 나온 기본 안주를 먹어 봤더니 이게 또 맛이 기가 막힌 거라. 깜짝 놀라 자세히 봤더니 검붉은 무언가를 잘게 썬 것이었다. 이게 뭐냐고 가게 사람한테 물어보자 데친 도미 껍질이라 하더라.

아하, 도미 껍데기라? 어쩐지, 기름기도 적당히 흐르고 쫄깃쫄깃한 것이 꽤나 삼삼한 맛이더라 싶더니. 살짝 놀라며 한 젓가락 더 입으로 가져가니 술이 술술 넘어가지 뭔가. 이렇게 단출하면서도 세심하게 공들인 기본 안주는 쉬이 맛볼 수 있는 게 아니다. 어쩌면 정말 생선에 신경을 많이 쓰는 가게일지도 모르겠다 싶었다.

그러는 동안 적당히 시켜둔 안주가 나왔다. 회를 먹어 보니 놀라울 정도로 질 좋은 생선이었다. 그러나 그 이상으로 놀라운 것은 바로 아귀 간이었다. 흔히 먹는 아귀 간에 비해 농후한 끈적함, 그럼에도 불쾌함은 전혀 없고 순하디 순한 이 맛. S미야 씨는 순식간에 한 접시 다 먹어치우고 또 한 접시를 주문했다.

어찌나 맛이 있던지, 대체 평범한 아귀 간이랑 뭐가 어떻게 다른 거냐고 주인장한테 물어봤다. 그러자 주인장 왈, 재료는 평범한 아귀 간이랑 다를 바가 없지만 거기다 살짝 손을 쓰면 이렇게 된다고. 그런 말을 듣고 나면 또 이번에는 그 살짝 손을 쓴다는 게 과연 어떤 것인지 궁금해지는 것이 인지상정. 하지만 그건 사업비밀이라 가르쳐줄 수가 없다고 하더라. 하긴 아무렴 어때. 지금 이 자리에 맛난 술과 안주가 있으면 그걸로 충분하지.

안주가 맛이 나니 술이 술술 넘어간다. 술이 넘어가면 또 안주를 시킨다. 그런 식으로 우리 넷이 흥이 잔뜩 올라 그 가게에서 부어라마셔라 하며 잔뜩 퍼마셨다.

그래, 바로 이거다. 완전 대박이다. 맛없는 술의 설욕을 아주 제대로 했다. 이게 다 그 두 사람 덕분이다. 우연한 만남을 주선해준 하늘의 뜻과 아까 그 가게 아줌마가 고마울 따름이다.

그들의 이름은 각각 「요시양」, 그리고 「무짱」이라 한다. 처음 들었을 때는 그야말로 술집 단골이라는 이미지가 너무나도 절묘하게 풍겨 무심결에 웃음이 나왔다.

그나저나 이런 예상치도 못한 위치에 상상을 뒤엎고 이렇게 괜찮은 가게가 있다니, 역시 술의 세계는 방심할 수가 없다. 게다가 이 가게는 값도 싸서 뭐라고 흠을 잡으려야 잡을 구석이 없다!

입가심 한 번 제대로 하고 기분 좋게 가게를 나서려던 참에 주인장이 아까 그 아귀 간 요리법을 슬며시 알려줬다. 듣고 보니 이게 또 무진장 간단한 거라, 신선한 아귀 간만 구하면 누구든 다 할 수 있을 정도가 아닌가. 하지만 모처럼 이런 비법을 알려준 주인장한테 의리를 지키는 차원에서 이건 비·이·밀로 해둬야겠다.

무짱　　요시양

술 한잔 인생 한입

번외편

나도 할 땐 한다고요.

해가 서쪽에서 뜨겠네. 원고를 이렇게 일찍 끝내셨어요?

자, 그럼 …

Sepia

하하하, 내일까지 꼭 해드릴게요.

맨 마지막 하이쿠까지 다 하셨으면 만점 드렸겠는데.

9월 X일
오후
「술 한잔 인생 한입」
탈고

다 했다~

105

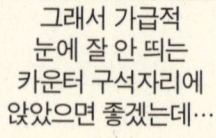
그래서 가급적
눈에 잘 안 띄는
카운터 구석자리에
앉았으면 좋겠는데…

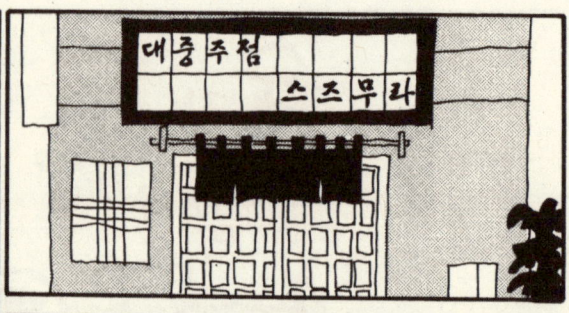
대중주점
스즈무라

이제 막 개점해서
썰렁한 주점에 혼자
들어가기란 무척이나
멋쩍은 일이다.

펙앵

어서
오세
요.

꼭금
묵상하네.

어쩔 수 없지,
이쪽 끝에 앉자.

이런,
이미 누가
차지했네.

나는 비어홀이나
비어가든 같은 데 말고
다른 데서는 병맥주로
시키는 편이다.

유리컵은
맥주회사
상표가 들어간 게
제일이다.

그리고…
꽁치 소금구이랑 닭날개 튀김,
오징어 소면,
그리고 고등어 초절임…

꼴
깍

아, 병으로
주세요.
병으로.

보자~
맥주랑…

원고도
다 안 끝났는데
얼마나 마시고
싶던지.

내가
이 맛에
산다,
살아!

캬아아아?!

콸

BEER

콸

콸

크으으으...

쭈욱ㅡ

내 만화 주인공
이와마 소다츠랑
완전 빼닮았네.

저
손님,

어라?

계산요~

멀
컹

107

잘 먹었
습니다.

매번 감사합니다.
사케 두 병에
야채 절임 해서
1300엔 나왔습니다.

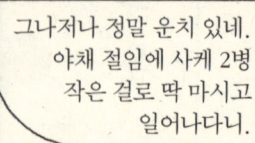
그나저나 정말 운치 있네.
야채 절임에 사케 2병
작은 걸로 딱 마시고
일어나다니.

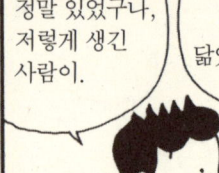
정말 있었구나,
저렇게 생긴
사람이.

보면
볼수록
닮았잖아.

저벅

저벅

좋아,
그럼 2차
가볼까.

혼자 뭘 이렇게
잔뜩 시켜놓고
꾸역꾸역…

그에
비하면
난,

이거야 원, 또 이치노쿠라로 시켰네.

쇼젠미즈노고토시

예.

그리고 야채절임 하나.

에이센

'이치노쿠라'요.

어디, 그러니까, 으음...

이름을 어떻게 읽는지도 모를 것들 투성이니 원.

上善如水

榮川

春鶯囀

슌노우텐

다른 것도 이것저것 시켜보고 싶었는데

明眸

메이보

신난다~

야호~ 가게 한 번 인심도 좋네. 이렇게 잔뜩 따라주고.

주르륵

스톱~! 스톱 스토옵!

이렇게 넘친 술맛이 또 끝내준단 말씀이야. 횡재한 것 같아서.

그 다음 컵에다 따라서 마시는 게 맞아요.

그럴 때는 먼저 이렇게 컵으로 한 모금 마시고,

홀짝

그건 그렇게 마시는 게 아니에요.

에이, 그럼 안 되지!

또, 또 소다츠가….

엉?

조금 전에 '스즈무라'에 계시지 않았나요?

저, 저기…

거참, 요즘 술 마시는 법도 잘 모르는 손님들이 왜 이리 많은지….

죄송합니다. 제가 잘못 봤네요….

아니면 벌써 취하셨나 보군.

뭘 착각 하셨나?

'스즈무라'? 그게 뭔 소리셔?

이거
엄청난데.

이상
기후?

일단 어디
들어가자.

휘
이
잉

!

자, 잘
먹었습
니다…

또
오기만
해봐라!
카악!

타
악

얼마
전까지만 해도
여름이었는데…

누,
눈…?!

이제 좀
살겠네.

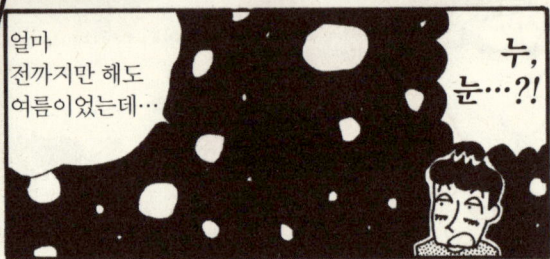

네?

형씨,
우리 아오모리
가리비 맛이
끝내주지?

츠가루
샤미센…?

띠
링

띠
링
띠
링

나 색시 일본 사람입니다. 지금 일본 친정 갔습니다.

손님 발리 섬에 며칠 있습니까?

?

워메, 멀리서도 오셨네.

어디긴, 네리마 구에서 왔는데요.

어디서 오셨나

응? 네?

일본인 입니까?

실례 합니다.

슬라맛 시앙(안녕 하세요)

손님이랑 나 친구. 건배!

이거 둘 칵테일 합니다. 최고.

이거는 쌀로 만든 술. 블룸입니다.

이거 발리 술, 야자로 만든 술, 알락.

허이짜 딩가딩가 때~~~~~

여기서 잠깐 번외편

한 잔하는 동안 느껴지는 시간감각은 무척 특이하다. 취하면 취할수록 내면의 시간은 천천히, 거꾸로 바깥세상의 시간은 빨리 흐른다. 이건 꼭 무슨 상대성 원리 같기도 하고. 그렇다면 술이란 광속에 가까운 탈것이란 말인가?

학생 시절 이와 관련하여 굉장한 경험을 한 적이 있다.

동아리 친구들이랑 잔뜩 퍼마시고 그만 돌아가려는데 골목 입구에서 이제 막 한 잔하러 오던 OB들이랑 딱 마주치고 말았다. 결국 마지못해 또 끌려가서 2차, 그 뒤에는 또 택시를 타고 신주쿠 유흥가로 이동해서 3차까지. 겨우 술자리가 파하고 나니 술에 완전 떡이 되었다. 그래도 필름 끊길 정도는 아니었지만.

좌우지간 전철도 이미 막차가 다 끊긴 관계로 친구네 원룸에서 자고 가기로 하고 우리는 길거리로 나와 택시를 잡아탔다.

그런데 택시 탄 지 한 3분쯤밖에 안 된 것 같은데 갑자기 옆에 탄 친구가 내리자고 하더라.

아니, 왜? 이제 막 탔는데 왜 내리자는 거야? 무슨 문제라도 생겼나? 의아해하며 차에서 내렸더니 글쎄, 거기가 바로 친구네 원룸 앞이 아닌가.

아무리 심야라 길이 뻥 뚫렸다고 해도 30분은 족히 걸릴 거리였는데 말이다. 딱히 잠들거나 기억이 날아간 적도 없고. 그야말로 귀신한테 홀린 것만 같은 기분이었다.

뭐, 난 역시 택시가 광속에 가까운 속도로 달렸던 거라고 보지만.

소다츠의 사계절 안주

㊋으름육사(肉絲)

중화요리 「청초육사」를 피망 대신 가을철 산에서 나는 으름을 넣고 해보자, 하는 아이디어에서 나온 요리. 으름은 보통 씨 주변 단맛 나는 부분만 먹고 껍질은 버리는 것이 보통이지만, 우리 고향에서는 반대로 씨를 버리고 껍질을 식용으로 쓴다. 으름은 된장과 궁합이 잘 맞으니 아무쪼록 간은 된장으로 하자. 쌉싸레한 그 맛은 사케, 맥주와 퍽 어울린다. 그밖에 마파가지에 가지 대신 으름을 넣어 「마파으름」으로 만들 수도 있지 않을까?

으름육사 만드는 법

소금

중화소스

된장

쇠고기 or 돼지고기를 잘게 채로 썬다.

으름 씨를 긁어낸다.

조미료를 넣고 기름에 볶는다.

껍질을 반으로 가른다.

잘게 채로 썬다.

제15화 중양

생강에는 살균작용이 있단 말이야.

야. 주접스럽긴.

그릇 치워 드리겠습니다.

아직 생강이 남았는데.

아, 잠깐만요.

그냥 장식으로 나오는 게 아니라고, 이게 다.

저도 맨날 파슬리 같은 거 선배한테 다 넘기니까요.

비타민 C 공급.

크~ 시다!

땡큐―

옜다, 짜고 남은 레몬 껍질.

저도 알아요.

카스미 씨. 이 자식은 말이죠, 접시 위에 있는 건 뭐든 다 먹어치우지 뭡니까?

안 먹으면 손해라고, 너네도.

각각 살균작용이나 모자란 영양분 보충을 위해 곁들여 나오는 거라니까.

이것도 먹는 거냐?

야, 야. 그럼

무채를 먹어볼까. 무에 든 디아스타제는 소화를…

그럼 다음에는 회랑 같이 나온

118

무슨
자린고비도
아니고.

푸하하하,
멀뚱멀뚱 쳐다보다가
입에 침이 고이면
한 잔하라 이거냐?

국화
라….

얜 먹을지도
모르겠네.

자, 이건
무슨 효능이
있는데?

이, 이건
말이야….

눈으로 즐기면서
한 잔하는
용도겠지.

뭐야,
그게?

참내,
교양 없는 애들은
이래서 안돼요.

너넨 9월 9일이
국화의
'절구(節句)'인 줄도
모르지?

홀수 달마다
그 달이랑 숫자가
같은 날이 있잖아.
그 날을 '절구'라
하거든?

1월 1일 → 신년

3월 3일 → 히나마츠리

5월 5일 → 어린이날

7월 7일 → 칠석

9월 9일 → 국화의 절구

그러니까, 국화를 구경하며 잔하는 것은 예로부터 내려오는 일본의 전통이었다 이 말씀이야.

이날로 말할 것 같으면 먼 옛날 궁중에서 국화를 구경하며 잔치를 벌이는 날이었다지.

그럼 11월 11일은 무슨 절구예요?

우와… 별 걸 다 아네.

화투 패 국화 10점에도 보면 술사발이 그려져 있잖아.

저기, 젊은이. 한 마디만 해도 될까?

서, 서리의 절구였나…?

그, 그게…

어…

그러니까 11월 11일은 절구가 아니야.

절구라는 건 한 해에 다섯 번 있는 날인데, 이를 '오절구'라 일컫는다네.

네?

공연한 참견인지도 모르겠네만 아무래도 바로잡아줘야 할 것 같아서 말일세.

120

옆에서 듣고 있자니 목구멍이 간질거려 술이 통 안 넘어가더구먼.

이상일세, 실례했네.

7가지 나물로 죽을 쒀먹는 '인일(人日)'이란 절구일세.

그리고 1월의 절구는 1일이 아니라 7일이지.

하마터면 엉터리 지식에 넘어갈 뻔했네요.

역시 어르신...

아뇨, 덕분에 많이 배웠습니다.

9월 9일=중양

7월 7일=칠석

5월 5일=단오

3월 3일=상사

1월 7일=인일

나도 이번에 이런 걸 출품한다네.

내 실은 동네 국화축제 실행위원인데 말이야.

허허, 그래도 되나?

괜찮으시면 합석하시죠 어르신

국화 꽃 활짝 피었네, 저녁 반주 좀 하려는데

손타츠

웬만하면 우리 헛똑똑이 총각도 데려다가 봉사하라고 하세요.

국화라는 게 어찌나 심오한지, 그 오묘함에 끝이 없더라니까.

오호~ 이거 멋진데요.

여기서 잠깐 ⑮ 「중양」

접시 위에 있는 건 뭐든 다 먹어치운다. 그건 사실 내 이야기다.

파슬리, 레몬, 생강, 질경이, 크레송, 무채, 미역, 민트, 차조기 순, 와사비, 생강절임, 양하, 양배추 채, 차조기, 무순, 산초… 등등.

다들 하나같이 독특한 개성이 있어 그것만 가지고도 술안주가 되는, 나이스한 먹거리들이다.

하지만 역시 국화나 잎, 단풍(텐푸라로 하면 OK), 남천, 조릿대… 같은 것들은 패스. 아무리 그래도 내가 무슨 사슴이나 팬더는 아니니까 말이다.

그래도 국화 가운데 식용국화 같은 것은 나도 꽤 좋아한다. 무침, 초무침 같은 것들은 특히 술안주로 제격이다. 무를 갈아서 곁들여도 맛있다.

그나저나 이런 장식용 곁들임 재료들을 살펴보면 죄다 식물밖에 없는 것 같다. 게다가 다들 (너무 많이 먹지만 않으면) 몸에 좋아 보이는 것들 아닌가.

그래, 역시 나는 앞으로도 접시 위에 있는 건 죄다 먹어치우고 살아야겠다. 그러니까 내가 가는 가게들은 절대로 그런 재료 재활용은 안 했으면!

전국적으로 「특산 맥주」 붐이 한창이라고 한다.

특산 맥주가 다 뭐람? 지역 특산주를 본뜬 네이밍인 건 알겠는데, 어째 닭살이 돋아 견딜 수가 없는 어감이구만. 일본이 무슨 독일도 아니고, 이 동네 저 동네 직접 맥주를 만들어서 뭘 어쩌겠다는 게야?

그런 식으로 냉랭하게만 보던 참이었는데, 어느 날 담당편집자 S미야 씨가 도쿄에도 특산 맥주가 있다며 취재해 볼 생각이 없냐고 묻는 게 아닌가.

뭣이, 취재? 그럼 맥주를 마시는 게 일이라 그 말인가? 마시는 게 일이라니! 특산 맥주, 아! 얼마나 아름다운가!

그리하여 순식간에 특산 맥주파로 전향한 나는 당장 취재에 나서기로 했다.

계절은 여름. 장소는 아사쿠사, 스미다가와 강변.

크으, 장소 한번 기똥차구나~! 속으로 쾌재를 부르며 두근거리는 가슴을 부여잡고 아즈마바시 다리를 건너자 아사쿠사의 뉴 심벌, 「황금빛 찬란한 응○」… 아니 「황금빛 찬란한 불꽃(이라더라)」을 당당하게 옥상에 인 건물이 우뚝 서 있었다.

이 건물은 모 거대 맥주 회사 소유인데, 그 아래쪽에 있는 3층짜리 가게에서 아사쿠사 특산 맥주를 마실 수 있다고 한다. 그곳은 해당 거대 기업에서 출자한 비어홀인데 내부에 양조 시설을 갖췄다고 하더라.

아니, 거대 맥주 회사에서 운영하는데 대체 무슨 특산 맥주인가, 의아해하면서 안으로 들어서자 특산 맥주는 2층에 있다고. 그래서 2층으로 올라가니 웬 커다란 탱크가 있는데, 바로 여기서 맥주를 만든다며 홍보하는 눈치였다.

거기서 만나기로 한 맥주 회사 홍보 담당자가 아직 오지 않아, 우리는 아직 손님이 들지 않은 홀 한가운데 떡하니 자리 잡은 그 거대한 탱크 사진이나 찍으며 기다리기로 했다.

그런데 약속 시간이 되도록 그 홍보 담당자가 좀처럼 나타나질 않는 게 아닌가. 여차여차 하는 동안 결국 찾아온 개점 시간, 그와 함께 손님들이 홀에 들어와 맛나게 맥주를 마시기 시작했다.

때는 한여름 저녁 무렵이라 벌써 목이 칼칼해 죽을 지경. 아, 우리도 빨리 한 잔… 아니 취재 좀 했으면 하고 발을 동동 구르는데 드디어 홍보 담당자가 도착했다.

인사도 하는 둥 마는 둥 후딱 마치고 발효 탱크와 저장 탱크, 서빙 탱크에 관한 설명을 들은 뒤 사진도 찍는 등 FM대로 일단 할 거 다 끝낸 다음 우리는 자리에 앉아 시음을 하며 이야기를 나누게 되었다.

드디어 왔구나! 본격적인 취재는 지금부터라는 생각에 군침을 꿀꺽 삼키고 자리에 앉자 늘씬한 글라스에 각기 색이 다른 맥주가 세 종류 나왔다.

이것은 「시음 세트」라고 하는데, 이 홀에서 마실 수 있는 세 종류 특산 맥주를 제각각 조금씩 맛볼 수 있다.

듣자하니 연간 60킬로리터 규모 소량 양조 허가가 떨어져 전국에 작은 양조장들이 생겨난 것이 바로 이 특산 맥주 붐의 시작이라던가.

특산 맥주는 양조량이 적으니 만인의 기호에 맞출 필요가 없고, 또한 한 번에 빚은 분량을 단기간에 다 마셔버리는 까닭에 품질 유지를 위한 효모여과 없이 출하할 수 있어 목넘김이나 향기 등을 통해 해당 양조장의 개성을 표출할 수 있다고 한다. 여기서 만드는 맥주도 전부 이 홀에서 소비되기 때문에 거대 기업이 출자했을 지언정 어엿한 특산 맥주라 이 말이다.

여기서 만드는 특산 맥주는 담색 맥아를 사용하고 독일산과 체코산 호프를 배합하여 만든 깔끔한 맛이 특징인 퀼쉬 타입, 캐러멜 맥아를 넉넉하게 사용하고 독일산 호프만 써서 상큼한 쓴맛과 진한 적동색이 특징인 알트 타입, 그리고 1개월마다 다른 맛을 즐길 수 있는 스페셜 타입, 이렇게 세 종류다.

각각 다른 빛깔이나 풍미를 띠는데, 이들 모두 효모가 남아 있기 때문에 마치 안개가 낀 듯 흐리고 향기도 진한 것이, 확실히 특산 맥주다운 정취가 있다.

계절 탓인지 우리 셋은 그 중 스페셜(취재 시기가 8월이라서 그랬는지 「한여름 밤의 꿈」이란 근사한 이름이 달려 있었다)이 특히 마음에 들었는데, 결국 이것만 계속 마시기로 의견이 일치했다. 부드러운 탄산의 깔끔한 감칠맛에, 상쾌한 쓴맛이 주는 목넘김도 그만이라, 말 그대로 여름에 딱 어울리는 맥주였다.

그 뒤로 우리는 스페셜만 큰 잔으로 마셨는데, 셋 중 페이스가 가장 빨랐던 사람은 홍보 담당자 양반. 과연 맥주 회사의 홍보 담당자다웠다. 하긴 생각해보면 맥주 회사 다니는 사원이 술을 못해서야 안 될 말이지. 아니 못 마시는 사람도 사실 더러 있기야 하겠지만.

그건 그렇고 이 양반, 아무래도 타고난 술꾼 같더라. 마시는 품새를 보아하니 회사 홍보라는 업무를 수행한다기보다는 손님 가운데 한 명으로서 특산 맥주를 실컷 만끽 중이라는 눈치가 아닌가.

또한 그 직책상 말발도 만만치 않아서 그런지 잔 하나씩 새로 주문할 때마다 열 띤 수다가 벌어졌는데, 이 양반도 아까 그 기념물을 「웅ㅇ 빌딩」이라고 불러서 무 척 우스웠다. 원래는 그걸 수직으로 세울 계획이었는데, 제반 사정에 따라 지금처 럼 가로로 눕히게 되었다나 뭐라나. 하긴 수직으로 세우면 불꽃으로 보일 수도 있 겠다. 하지만 눕혀놓으면 그건 역시 「웅ㅇ」다. 사원이 직접 그리 말했으니 틀림없 다.

헌데 업무 수행이 안 되는 건 우리도 마찬가지였다. 지금 취재 중이라는 의식은 이미 물 건너간 지 오래고, 그저 이야기를 들으면서 마냥 잔만 기울일 따름이었으 니.

아니 솔직히 이런 한여름 해질녘, 와자지껄 신나게 맥주를 마시는 손님들이 온 사방에 가득한데 대체 일은 무슨 일이냔 말입니까요~

나는 그제야 비로소 고개를 끄덕였다. 여기 이 홍보 담당자 양반이 약속 시간에 왜 늦었는지.

필시 그는 오늘 할 일을 전부 다 처리하고 마음껏 취할 수 있도록 만반의 준비를 마친 뒤 사무실을 나섰던 것이다. 이렇게 마시고 일이 될 리가 있나. 아니지, 이 양반한테는 이제 술을 마시는 게 일인 셈이다. 암, 그렇고 말고. 그래, 오늘밤은 다 같은 동지들끼리 마음껏 취해봅시다. 그런 생각에 슬슬 벨트 풀고 제대로 마셔 볼까 하던 찰나… 웨이터의 목소리가 날아들었다.

"저기 손님, 죄송합니다. 기다리는 분들이 너무 많아서 그러는데, 혹시 다음 손 님께 자리 좀 양보해드릴 수 없을까요?"

문득 정신을 차리고 보니 우리가 자리 잡고 앉은 지도 벌써 두 시간 가까이 지난 뒤. 가게 문 밖에는 차례를 기다리며 사람들이 줄을 쫙 섰더라.

어허, 벌써 시간이 이렇게 됐나. 아쉽지만 할 수 없지. 이 무더운 여름밤에 시원 한 맥주 한 잔이 간절한 마음이야 누군들 다를까. 취재니 사원이니, 그깟 게 뭐 그 리 대수라고. 흔쾌히 교대해주지, 암.

작별을 못내 아쉬워하면서도 우리는 선선히 자리를 떴다. 일어나보니 뜻밖에 다 리가 휘청거렸다. 생각해 보니 벌써 잔깨나 비우긴 비웠구만.

그럼에도 처음 도착할 때와 다름없는 서글서글한 얼굴로 사무실에 돌아가는 홍 보 담당자와 헤어진 우리 두 사람은 아사쿠사 방면을 향해 아즈마바시를 거닐기 시작했다.

맞은편 기슭에서는 아사쿠사 중심부의 전광 장식이 반짝이고, 수면을 지나던 밤바람이 달아오른 뺨을 부드럽게 매만진다. 기분 한번 근사하다.

이렇게 보니 아까 마신 특산 맥주 「한여름 밤의 꿈」은 정말 딱 맞는 이름이 아닌가. 으음, 이거 정말 특산 맥주라고 할 만한데.

속으로 그리 중얼거리며 취기 오른 얼큰한 얼굴로 강을 건너던 우리 취재반은, 곧이어 회의를 구실 삼아 「전기 브란」으로 유명한 주점, 「K·바」를 향해 발걸음을 옮겼다.

제16화 소다츠 맥주

그럼
레이블
디자인도
다 됐겠다,

맥주의 왕,
'맥왕'으로
결정!

좋아!
소다츠 표
오리지널
맥주의 이름은

자기 손으로
직접 술을
빚는다니.

기대되는
걸.

이제
이 세트를 써서
시작해볼까.

독일 스타일
안주도
연구해봐야지.

조만간 맥주잔도
사와야겠어.

그건 법에 저촉되니
주의하라고
쓰여 있군.

시판되는 맥주와
마찬가지로
최고 5도짜리까지
만들 수 있지만

이 패키지에
의하면

문제는
알코올 도수란
말씀이야.

만에 하나
뭔 사건에
휘말리기라도
했다간…

저, 전
아니라니
까요~!

아냐,
가만
있자.

역시 법을
어기는 한이
있더라도…

하지만 아무리
그래도 그렇지,
고작 1도짜리
맥주라니…

무슨
청량음료도
아니고~!

128

좌우지간 어떻게 만드는지 한 번 볼까.

뭔 망상인지, 나도 참.

꼬ㅡ응

밀조주다!

가택수사가 들이닥쳐…

먼저 물을 1리터 끓여 몰트 엑기스를 넣고…

어디 보자.

잊을래야 잊을 수가 없죠~

오리지널 맥주, 오리지널 맥주, 하고 자네가 노래를 부르고 다녔잖아.

그걸 다 기억하고 계시네요, 과장님.

며칠 뒤

Boor H
OPEN

그래, 이와마 자네 오리지널 맥주는 어떻게 됐나?

그러니까 먼저…

우와, 나도 가르쳐 줘요.

슬슬 구체적인 양조과정에 대해 좀 알 것 같더라고요.

129

이건 1도짜리 맥주가 그렇다는 이야기고,

그건 '범죄'가 되는 관계로 더 이상 자세한 사항은 생략.

5도짜리도 만들 수 있지만

③종이박스에 양동이를 넣고 약 2주간 용액의 온도를 18~26℃로 유지한다.

여름에는 냉매

겨울에는 솜남요

④맥주병에 그라뉴당을 넣고 양동이의 발효액을 주입한 뒤 주둥이를 마개로 봉한다.

그라뉴당

설탕

⑤며칠 동안 18~26℃를 유지, 그 뒤 3주 동안 어둡고 찬 곳에서 보관하면 완성.

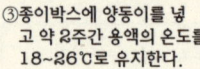
"자가 양조"를 하는 넘 1%

①펄펄 끓는 물에 몰트 엑기스를 붓고 한동안 끓인다.

②플라스틱 양동이에 ①용액을 붓고 물이랑 이스트를 첨가한다.

이스트

물

그런 번거로운 짓을 어떻게 합니까. 그럴 리가 없잖아요.

저처럼 바빠서 눈코 뜰 새 없는 샐러리맨이

온도를 일정하게 유지하려면 무지 번거로울 텐데 용케도 계속하는구만, 이와마.

손이 엄청 많이 가네요.

맥주병 따는 소리도 잦아드는 가을 밤이여

소다즈

'오리지널 맥주'는 노후의 즐거움으로 남겨두려고요.

여기 굉장 커나 더요.

떡은 떡집에 맡기라는 일본 속담도 있잖아요.

어쩐지 찬송 높이네.

결국 작전했당 얘기네요.

130

여기서 잠깐 ⑯ 「소다츠 맥주」

 전부터 관심이 가던 「자가 양조 세트」라는 물건을 한 번 사봤다.

 겉에 적힌 주의문을 봤더니 「알코올 도수 1도짜리 맥주를 만들 수 있습니다」라는 말과 더불어 「5도짜리도 만들 수 있지만 법에 저촉되니 주의하세요」라고 하더라.

 아니 이거, 대놓고 한 번 해보란 소리잖아? 그런 생각에 쓴웃음을 지으며 즉시 포장을 뜯었다.

 하지만 설명서를 읽어보니 이게 또 보통 손 많이 가는 일이 아닌 것 같더라. 나중에 언제 여유 좀 생기면 해봐야지 하면서 포장만 뜯은 채로 내내 냉장고 안에 처박아두다가, 결국 초보자가 아무리 용을 써봤자 웬만해서는 맛있는 맥주가 나오지 않는다는 증언을 듣고 끝내 냉장고에서 치워버리고 말았다.

 그런데 어느 날 이 『술 한잔 인생 한입』을 애독해주던 어느 주점 마담한테서 동생이 초보자인데도 썩 괜찮은 맥주 자가 양조에 성공했다는 연락이 들어왔다. 그땐 워낙 일이 바빠 마시러 가보지 못했지만, 보아하니 초보자라도 맛있는 맥주를 만들 수 있는 모양이다. 게다가 흑맥주 계열까지 손을 댔다든가.

 내가 제일 궁금한 것은 역시 알코올 도수. 그 양반도 꽤나 만만찮은 술꾼 같던데, 그렇다면 역시…? 좋았어, 다음에 한 번 가서 직접 확인해봐야지.

제17화 독신의 맛

나는
'게스트 선수'로서
불려왔다.

아이고,
이런.
이와마 씨
괜찮아요?

예,
예.

오늘은
거래처에서 하는
사내 운동회 날

와

와

와

와 와

발랑

마침 오늘 저희 집 메뉴도 고등어랍니다.

같이 드세요.

고등어 튀김,

고등어 구이,

고등어 통조림이랑 밥입니다.

뭐예요, 그게?

어쩌다가, 쯧쯧.

처참하네요.

오늘 아침 편의점에 갔는데 도시락이 다 팔려서요….

잘 먹겠습니다.

얼른 드세요, 배불뚝이 아저씨.

애걔?!

아, 그것도 같이 좀.

쓸데없는 소리 말아, 이것아!

아빠도 참, 운동회까지 와서 일 얘기해요?

맞다, 이와마 씨. 우리 저쪽에서 잠깐 미팅 좀 합시다.

딱 독신시절 그때 그 맛이구나.

캬, 그립다.

암, 거기다 간장도 슬슬 뿌려 먹으면 끝내주죠.

마요네즈도 나쁘지 않더라고요.

그리고 잘게 부숴서 따끈한 밥에 얹어 먹어도 괜찮고요.

이게 또 원컵 사케랑 궁합이 참 기가 막혀요.

조금 전에 거래처 아와구치 과장님한테서 전화가 와서

다음날

오호, 그런가요?

조강지처가 차려주는 밥도 매일 먹다 보면 질리는 법이랍니다.

후후후, 비밀입니다요, 비밀.

자네, 대체 뭔 반찬을 가지고 갔길래 그러나?

가을철에는 일편단심 고등어 술맛 돋우네

소타츠

라고 하시던데…

이와마 씨한테 잘 먹었다고 좀 전해주십쇼.

여기서 잠깐 ⑰「독신의 맛」

친애하는 삶은 고등어 통조림 귀하.

그간 별고 없으셨는지요.

저도 때때로 편의점에 들를 때마다 먼발치에서 그 모습을 뵙곤 하는데, 보아하니 예나 지금이나 변함없이 통조림계의 스타로서 찬란하게 빛나고 계신 것 같아 흐뭇할 따름입니다.

그 지위는 고등어 어업이 계속되는 한, 앞으로도 흔들림 없이 지속되겠지요. 고등어 된장 조림 같은 메뉴는 술집이나 백반집 같은 데서도 만날 수 있지만,「삶은 고등어」같은 경우 통조림 말고 다른 데서는 만나볼 수 없으니까요.

그나저나 독신시절에는 정말 신세 많이 졌습니다.

한때 XXX 닭꼬치라느니, 꽁치 양념구이 같은 것들이랑 외도한 적도 있기는 했지만, 역시 삶은 고등어 통조림과 원컵 사케 XXXXX이 이루던 궁합은 그야말로 황금 콤비로서 음주에 얽힌 제 추억 속에서도 유달리 찬란한 빛을 발하고 있답니다.

다만 감히 딱 한 말씀만 쓴소리를 올리자면, 역시 깡통 사이즈가 너무 커서 조금 난

처할 때가 있습니다. 삶은 고등어 통조림은 보통 밥 한 공기 사이즈, 혼자 사는 사람 같은 경우 한 끼로 다 먹기에는 양이 너무 많지요. 랩을 씌워 냉장고에 보관해도 다음날은 묵은내가 난답니다.

하지만 그렇다고 해서 귀하를 책할 일은 아니지요.

아무쪼록 앞으로도 독신자의 좋은 친구로서 오래오래 사랑받으시길 기원합니다.

소다츠 올림.

제18화 괄경이구나!

건배 ——!

좋구나, 좋아.
목욕에,
맥주에,

꿀꺽꿀꺽

우리 회사는
각 과마다 매년
사원여행을 갑니다.

그럼
우리 과를
위하여!

다른 건 몰라도 이렇게 놀러 올 장소 섭외에는 이와마를 따라갈 사람이 없다니까.

가을 별미 까지.

극락이 따로 없구만.

하필 이런 날 영업 일이 들어오다니.

운수 한 번 지지리도 없지.

제일 말썽 →

웬일로 다 듣는 칭찬인데 하필 꼭 이럴 때 본인이 없어요.

지금쯤 헐레벌떡 달려오고 있을 걸요.

그래도 나중에 오는 거 아닌가?

성불하시게

나무아미타불

하다못해 빈자리에 맥주라도 한 잔 따라주도록.

138

'코게츠칸' 여관은
바로 요 앞 산그늘에
있는데 말입니다…

죄송합니다, 손님.
기름이 다
떨어져서요.

위
~잉
위~잉

아저씨,
아직인가요?

그리고
이세 왕새우
모둠입니다.

송이
버섯
구이,

늦가을
가지!

밤밥!

토란!

소,
송이버섯
~!

허억
허억
허억

왕새우~!

우와,
이 긴조슈!

왕새우 단맛이
확 사네요~!

하하하하하~~

덥
석

우
물

덥
석

계약한
이와마
집니다!

코게츠칸

계세요
~~!

어라?

묵으실
객실은
이쪽 용담
(龍膽)실…

그,
그야
그렇겠죠.

다들 먼저
시작하셨
답니다.

온천에
와서

먼저 뜨신 물에
한 번 안 들어갔다
나와서야 어디
술이 넘어가겠
냐고.

용담실

과연
초특급…

우와.

젖었네,
|와마 씨.

그런데 뭔가,
그 꼴은?

이야, 운도
좋구만.

송이버섯이랑
왕새우 마침 딱
한 조각씩…?

그럼 전
이만!

덥석

가져갑
니다!

운도 좋지.
노천온천에서
이렇게 달구경을
다 할 수 있으니
말이야.

오늘이
중추명월
뜨는
날이었지?

이날을.

매년 깜빡깜빡
놓친단 말이야.

쫄

쫄

쫄

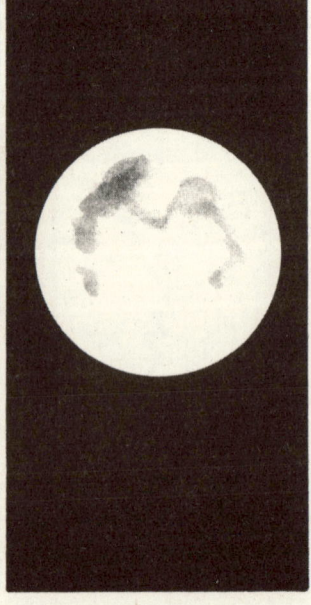

*중추명월 : 음력 8월 15일에 뜨는 보름달.(역주)

142

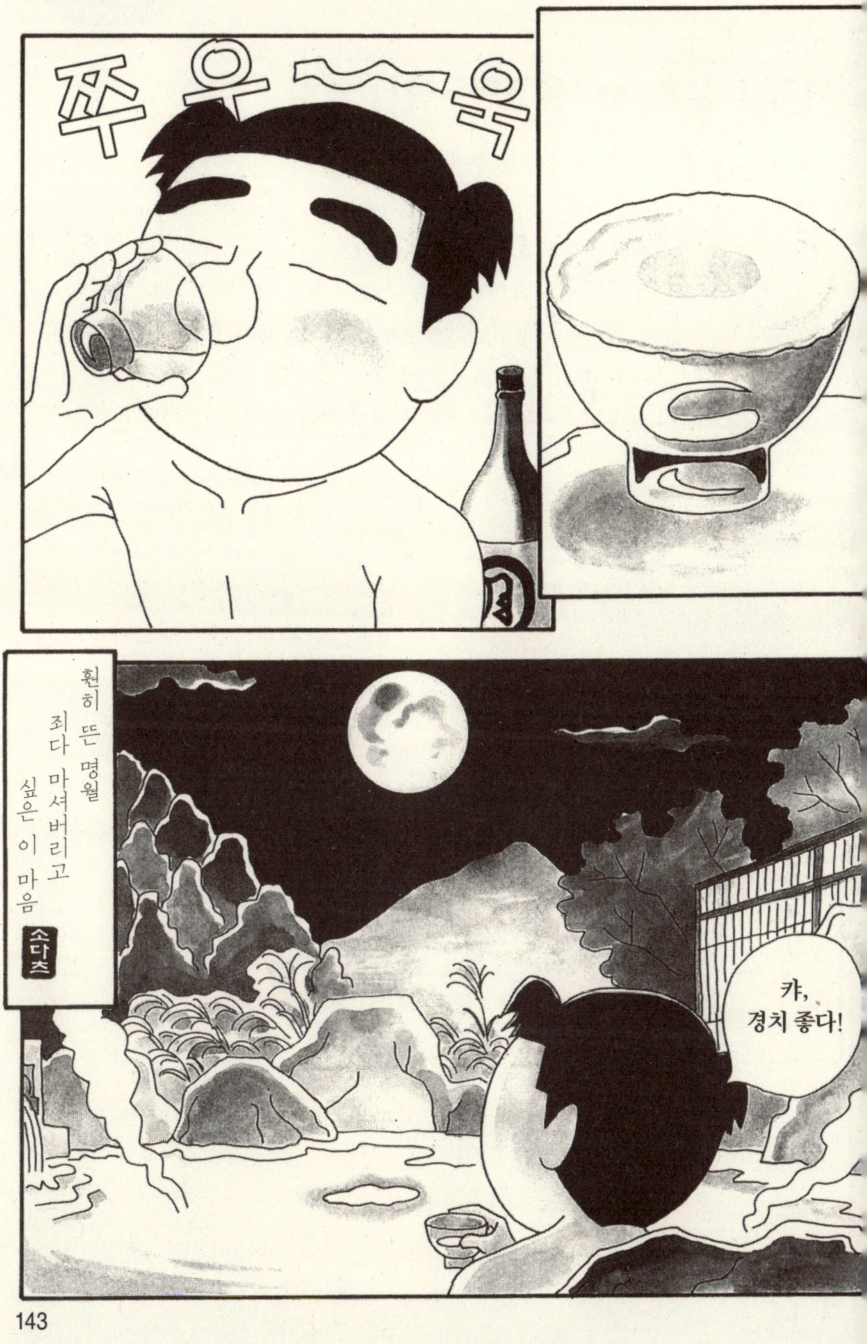

쭈우~욱
훤히 뜬 명월
죄다 마셔버리고
싶은 이 마음
소다츠
캬,
경치 좋다!

여기서 잠깐 ⑱ 「절경이구나!」

달은 물론이거니와 꽃이나 눈 등을 구경하며 마시는 술에는 풍류가 감돈다.

하지만 이미지와 현실 사이에는 큰 차이가 있다. 실제로 시도해보면 그런 거 그렇게 쳐다보면서 한 잔하기란 그리 쉬운 일이 아니다.

애당초 술꾼이란 한 잔할 때 보통 식탁 위밖에 보지 않는 법이다. 그나마도 술잔이랑 안주가 담긴 접시, 젓가락 끄트머리밖에 보지 않는다. 한없이 좁은 영역 안에서만 시선이 오가는 형국이다. 그밖에는 가끔씩 메뉴에 눈길을 주는 정도가 고작이다.

그러니까 요는 이 한정된 시야를 크게 벗어나 달이니 꽃이니 하는 걸 쳐다보기란 사실 무진장 귀찮은 일이란 말이다.

그 증거로 꽃놀이나 달맞이 술자리 같은 게 열려도 정작 취기가 무르익을수록 꽃이나 달은 사실상 아무도 신경 안 쓰는 상황이 펼쳐지지 않던가. 그야말로 금강산도 식후경, 목구멍이 포도청(응? 이건 아닌가?)이라, 결국 사람은 풍류보다 먹고 마시는 게 우선이라 이 말이다.

하지만 그냥 덮어놓고 마시기만 한들, 역시 바람직한 일은 아니다. 모처럼 훤히 뜬 명월이나 활짝 만개한 벚꽃을 그냥 놓칠 수야 없는 일 아닌가. 그러한 고민에서 잔 안에 달그림자를 비추고 술에 꽃잎을 띄운다는 등 여러 아이디어가 탄생했다.

하긴, 그래봤자 술이 더 들어가다 보면 결국 까짓 것 아무럼 어떨까 싶어지긴 하지만 말이다.

운도 좋지. 노천온천에서 이렇게 달구경을 다 할 수 있으니 말이야.

오늘이 중추명월 뜨는 날이었지?

소다츠의 사계절 안주

❄겨울 즉석 무 초밥

　무 초밥은 겨울철 호쿠리쿠의 명물로, 얇게 썬 무 사이에 겨울방어를 끼워 누룩에 절인 발효초밥의 일종이다. 이것은 바로 그걸 패러디한 즉석음식이다. 원래 무 초밥은 방어를 쓰지만 흰 살 생선이면 도미든 광어든 다 상관없다. 하지만 가격을 생각하면 역시 마래미(방어 중치) 정도가 무난할 것이다. 흰 살 생선은 아니지만 약간 방향을 틀어 연어로 해보는 것 또한 괜찮을지도 모르겠다. 만들어서 바로 먹는 것보다는 2, 3시간~한나절 정도 냉장고에서 재웠다가 먹는 편이 더 숙성된 맛이 나 좋을 것이다. 뜨겁게 데운 술을 홀짝홀짝 마셔가며 먹으면 아주 그만이다.

즉석 무 초밥을 만드는 법

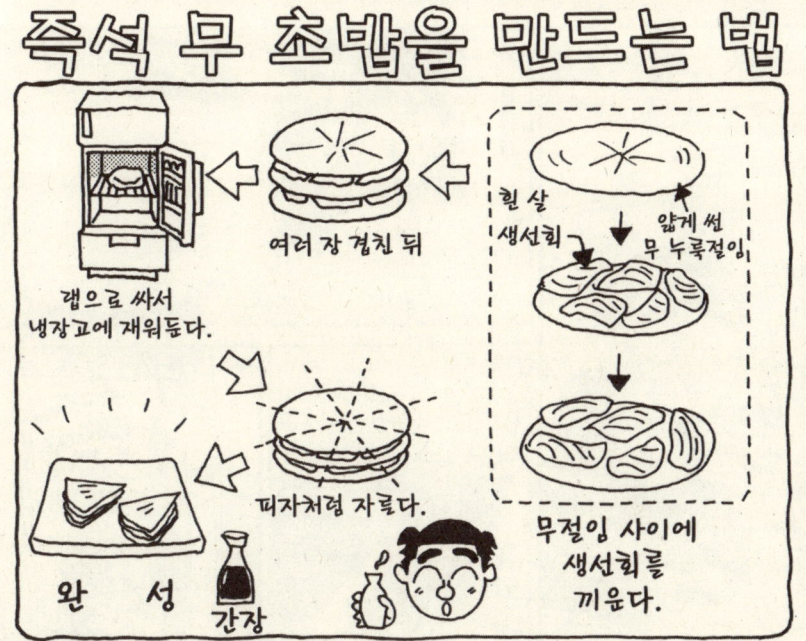

여러 장 겹친 뒤

랩으로 싸서 냉장고에 재워둔다.

흰 살 생선회

얇게 썬 무 누룩절임

피자처럼 자르다.

무절임 사이에 생선회를 끼운다.

완　　성

간장

제19화 신칸센

여기 앉을까.

역시, 이번 역에서 출발하는 열차라 텅 비었네.

꿀꺽~

떨컹

좋아,
출발했군.

역시 한 잔
안 할 수야
없지, 암.

평일 오후,
신칸센,
시발(始發)열차,
텅 빈 좌석,
출장 갔다 오는 길…

휴 —

맥주는
레귤러
사이즈로
한 캔만.

미리 사두면
미지근해지니
하나씩
구입한다.

도시락은
뭐니 뭐니 해도
안주로 최고인
마쿠노우치
도시락 종류로.

기본적으로 필히 역내 매점에서
맥주와 도시락을 사들고 타
발차와 동시에 개봉한다.

차내 판매는
어디까지나
보조수단.

도 시 락

열차가 그때그때 지나는 지방 특산 도시락을 사먹는 것도 즐거움 가운데 하나.

2카야마 밴댕이 초밥

l 붕장어 초밥

슬슬 밴댕이랑 붕장어가 올 때 됐는데.

슈웅—

예 그리고 맥주 하나요.

밴댕이 초밥이랑 붕장어 초밥,

커피, 샌드위치 있습니다~

달각

도시락, 맥주,

왔다!

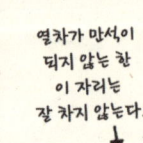

열차가 만석이 되지 않는 찬 이 자리는 잘 차지 않는다.

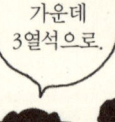

그리고 가운데 3열석으로.

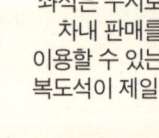

좌석은 수시로 차내 판매를 이용할 수 있는 복도석이 제일.

좋았어, 이 정도면 충분하지.

싱글 벙글

위스키 있습니다, 위스키.

JR

타악—

옳지. 여기요, 여기.

슈웅—

이번 역은 도쿄, 저희 열차의 종착역입니다.

맥주는 질리던 참이거든.

오 며 록이요.

절묘한 타이밍이네.

오늘도 저희 열차를 이용해주셔서 감사합니다.

달그락

아직 붕장어 초밥도 못 먹었는데!

뭐야~? 벌써 다 왔어?

종착역…

?

먹을 것, 마실 것은 반드시 차내에서 다 해치우는 것이 기차여행의 철칙이다.

손님, 종점 이라니까요.

자, 잠깐만요. 이것 좀 먹고요~

이번 역은 도쿄~

바쁘다 바빠 인적 다 끊긴 역내 벌레 한 마리 소다즈

여기서 잠깐 ⑲ 「신칸센」

흔히들 신칸센 열차 여행은 구식 열차보다 흥취가 없다고들 하는데, 과연 그럴까? 「노조미」호나 「히카리」호는 붐빌 때가 많아 힘들지도 모르지만, 빈자리가 많은 「코다마」호 같은 경우 앞좌석을 빙글 돌려 혼자서 4인석을 차지할 수 있다.

구형 열차에서도 이게 가능하긴 하지만 신칸센 쪽이 더 착석감도 좋고 쾌적하다. 앞자리에 발을 쭉 뻗고 느긋하게 맥주를 마시노라면 어쩐지 임금님이 된 것만 같은 기분이 든다. 응? 그까짓 것 가지고 임금님 운운이라니, 너무 통이 작다고? 쓸데없는 참견 마시라.

좌우지간 행락철 말고 비수기에 신칸센을 타보면 차내에 웬 샐러리맨들이 그렇게 많은지 가끔씩 놀라게 된다. 일본 경제는 이런 식으로 돌아가고 있구나 하는 실감과 함께 그들의 노고에 감사하게 되는데, 사실 샐러리맨들에게는 이러한 열차여행도 다 일시적인 기분전환에 해당하는 것이 아닐까? 어차피 목적지에 도착해도 일, 다시 돌아가도 일, 계속 일이 기다릴 텐데, 이렇게 신칸센을 타고 이동하는 동안이 오히려 잠시나마 홀가분하게 자기만의 시간을 만끽하며 한숨 돌릴 수 있는 사적인 시간이 아닐까?

즉석 음식이란 그러니까, 패스트푸드이다. 패스트푸드 하면 제일 먼저 떠오르는 것은 햄버거라 할 수 있는데, 햄버거 가게에는 주류가 없다. 버거를 먹으면서 한 잔 하다니, 그건 상상도 하기 싫다.

이번 화제는 어디까지나 순수 일본산 패스트푸드점, 즉 회전초밥과 규동(일본식 쇠고기 덮밥) 가게다. 솔직히 이런 곳에서 한 잔하자면 어쩐지 서글픈 감이 든다. 하지만 술만 있으면 장소를 불문하고 한 잔하고 싶어지는 것이 술꾼의 본성 아니던가. 게다가 막상 마셔 보면 또 나름대로 맛도 있는 법이고.

그런데 대부분의 회전초밥 가게에 가 보면 사케나 맥주 같은 주류는 회전대에 오르지 않는다. 한 잔하고 싶을 땐 점원에게 직접 주문을 해야 한다. 보통 회전초밥 가게 같은 경우 가게에 들어와 자리에 앉은 뒤, 직접 차를 따르고 접시를 집어 초밥을 먹다가 이만 계산하고 돌아갈 때까지, 마음만 먹으면 한 마디도 하지 않고 버틸 수 있다. 하지만 주류를 주문할 때는 그럴 수가 없다. 회전초밥 가게에서 술은 어디까지나 사이드 메뉴라 이 말이다.

이런 데서 나오는 사케는 보통 대형 업체에서 내놓는「도쿠리」형태의 한 홉들이 작은 병제품이다. 이런 술병들 보면 표면이 찐득찐득한 경우가 곧잘 있는데, 대놓고 당류를 첨가했다는 느낌이 들어 그리 기분이 좋지 않지만, 다른 한 편으로는 그래도 대형 업체 제품이니만치 확실하게 한 홉 분량이 다 들어 있다는 안도감도 든다.

보통 이런 술은 맥주용 컵에 따라 마신다.

조금 엉뚱한 데로 새는 이야기지만, 맥주 회사 마크가 찍힌 이런 맥주컵은 그야말로 최상품이다. 크기, 모양, 두께 어느 것 하나 절묘하지 않은 구석이 없는 게, 맥주가 이토록 맛있게 넘어가는 술잔은 따로 없을 지경이다. 그런데 이런 컵은 음식점에서만 만날 수 있다. 주점에서 내놓는 맥주 회사의 프리미어 글라스 같은 것들은 전부 디자인이 애매하게 되어 있어, 그걸로 마시면 영 맛이 나지 않는다. 회사 상표가 박힌 그 컵들 좀 어떻게 쉽게 접할 수는 없을까?

좌우지간 앞서 언급한 한 홉들이 병사케도 이 컵으로 마시는 게 제일이다, 다른 컵으로 마시면 당최 마실 것이 못 된다.

그럼 이제 한 잔하며 회전대 위에서 돌아가는 초밥을 먹는데, 회전초밥을 먹을 때는 싱싱한 재료를 잘 골라내는 것이 중요하다. 장인이 갓 쥐어서 내놓은 접시만 노리는 것이 철칙. 이런 접시가 돌아올 때까지 잠자코 견딘다. 그걸 못 참고 전어 중치 같은 거나 집어먹으면 못 쓴다. 정 그렇게 입이 심심하면 생강 초절임도 있다.

그렇게 한두 잔쯤 마시고 초밥도 한 다섯 접시쯤 먹었으면 냉큼 철수할 것. 더 이상 죽치고 앉아 있으면 안 된다.

솔직히 창피하지 않나? 비틀비틀 갈지자걸음으로 회전초밥 가게를 나서기는.

다음은 규동 가게.

규동 가게에도 주류가 구비되어 있다. 규동이 과연 술과 어울리는지 따져보긴 귀찮지만, 여하튼 있으면 역시 한 잔 마셔보고 싶은 게 인지상정이다. (누구 마음대로?)

하지만 나 같은 경우 지금까지 규동 가게에서는 먹기만 했지 뭘 마셔본 적은 없는 관계로 시험 삼아 우리 동네에 있던 대표적인 규동 체인점 「Y」에 가보았다.

내가 기억하기로는 원래 데운 사케도 있었던 것 같은데 지금 찬 것밖에 없더라. 하긴 규동에 곁들여 마시자면 데우지 않는 편이 낫다고 생각하니 상관은 없지만,

그래도 손님의 다양한 기호를 고려하지 않는 태도를 보면 이 체인점이 술에 대해 지닌 의식을 알 만하다.

이는 주류 주문을 1인당 세 병으로 제한한다는 점, 그리고 오전 0시부터 오전 6시까지는 주류 판매를 중지한다는 점에서도 잘 드러난다. 그래도 술이라도 좀 마음 내킬 때 원하는 만큼 마시겠다는데, 정말 어지간히도 술꾼이 달갑지 않은 모양이다.

그런 저런 상념이 떠오르는 가운데 사케 찬 술을 주문했다. 역시나 늘 보던 작은 술병이 나온다. 그런데 잘 보니 니가타 현 한 주조 회사에서 만든 「혼죠조나마초죠슈(本釀造生貯蔵酒)」라고 적혀 있는 것이 아닌가. 요것 봐라, 싶어서 마셔 봤더니 이게 또 썩 나쁘지 않더란 말씀.

다음은 안주. 사실 사케를 들면서 규동을 먹는 건 영 내키지 않는다. 다행스럽게도 규동에서 밥을 덜어내고 고명만 내놓는 「규자라」라는 메뉴가 있어 이걸로 주문했다. 그밖에 또 장아찌도 있다. 사실 이 집에서 술안주가 될 만한 먹거리는 이게 고작.

잠시 후 꼭 무슨 개밥 같이 퍼 담은 규자라가 나왔다. 한 젓가락 먹어 보니 똑같은 쇠고기 볶음인데도 어쩐지 밥이랑 같이 먹을 때보다 맛있다. 간장이 밴 쇠고기와 양파가 찬 사케와 제법 궁합이 맞더라. 장아찌를 곁들여가며 규자라와 사케를 번갈아 입으로 옮기자 어느 덧 순식간에 동이 나고 말았다.

뜻밖이었다. 지금까지 규동 가게의 술을 업신여겼던 걸 사죄하고 싶은 기분이었다. 굳이 따지자면 회전초밥집이 더 낫겠거니 했는데, 이래서야 규동 가게의 손을 들어 줄 수밖에 없지 않나.

경탄하며 한 병 더 주문하려던 찰나, 문득 이런 생각이 들었다. 옛날에 규동을 먹으러 왔을 때, 간혹 규자라 하나 시켜놓고 한 잔하는 손님을 목격한 적이 있다. 그런데 그 모습이 결코 번듯해보이지 않더라 이거다. 오히려 겨우 한 병 시켜놓고 마시는데도 꼭 술독에 빠진 사람처럼 보이더란 말이다.

뜻밖의 맛에 감탄하면서도 역시 규자라 달랑 시켜놓고 한 잔하는 것이 어째 영 캥기던 나는, 결국 한 병으로 끝내고 Y를 나섰다.

제20회 모닥불 안에는?

인아저씨.

아이고, 이와마 씨. 고생이 많아.

원래 우리 마누라가 할 일인데 말이야.

휴일인데 미안해서 어쩌나.

역시 허리를 삐끗해서 못 나온다네.

아주머니는 좀 어떠세요.

싹 싹

싹 싹

●시메지 버섯 호일구이

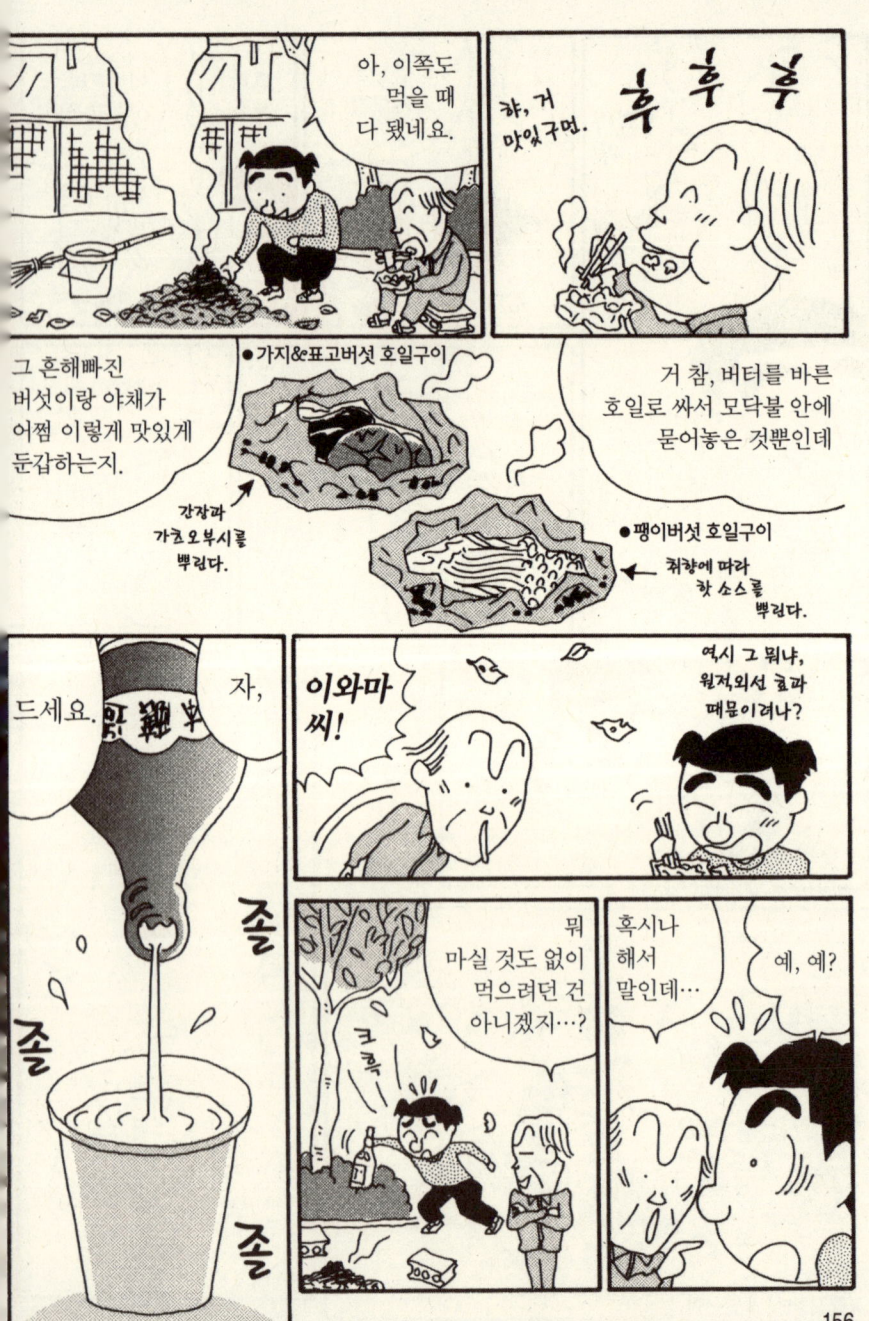

156

여기서 잠깐 ⑳ 「모닥불 안에는?」

모닥불은 운치가 있어 참 좋기는 해도 역시 주택가 같은 데서 쉽사리 피울 수는 없다. 자기 앞마당에서 좀 피워볼까 해도 이를 화재 연기로 오인한 소방차가 달려오고 그런다고 하니 주의할 필요가 있다.

하지만 호일구이는 꼭 모닥불 안이 아니라도 알루미늄 호일만 있으면 가정용 토스터나 생선 굽는 렌지 가지고도 충분히 맛있게 구울 수 있다. 모르긴 몰라도 알루미늄 호일 안쪽이 오븐 같은 역할을 하는 모양이다.

포인트는 공연히 필요 없는 양념을 하지 않을 것. 끽해야 버터를 좀 바르는 정도로 구워서 간장을 뿌려 먹는 것이 제일이다.

요즘 들어 패밀리 레스토랑이나 술집에서도 호일구이를 내놓는 데가 눈에 띄던데, 시험 삼아 먹어보니 이게 또 괜찮더라. 웬만한 실패작 요리에 비해 꽝이 나올 염려는 오히려 훨씬 적다.

하지만 이것은 어디까지나 알루미늄 호일의 힘으로, 결코 그 가게의 실력이 아니다. 아무리 서툰 사람이 만들어도 재료만 괜찮으면 맛있는 결과물이 나오는 요리, 그것이 바로 호일구이다.

굉장하다! 알루미늄 호일!

아, 이쪽도 먹을 때 다 됐네요.

제21화 더 바텐더

알라스카 나왔습니다.

알겠습니다.

겨울 분위기 나는 칵테일로….

한 번 해보고 싶다~

그럼 알라스카 같은 건 어떨까요.

겨울 분위기라…

달그락 달그락

알라스카
말씀이
십니까?

이건 뭐랑
뭘 섞은
거요?

역시.

딩동댕.

드라이진과
샤르트뢰즈, 그리고
오렌지 비터스로
만든 겁니다.

어라,
뭐였더라?

드라이진
과…?

알라스카
란 드라이
진과…

데킬라 선라이즈
같은 게
어떨까 싶군요.

이번엔
내 이미지에 맞춰
한 잔 만들어
줄래요?

아하,
그런
거였군.

샤르트뢰
즈…가
뭐야?

알겠습니다.

뭐, 억지로
끼워 맞추면
불러디 메리
정도…?

무리라
고요,
아줌씨.

160

아.
그, 그럼…

손님은 어떤 걸로 하시겠습니까?

휴ー

그럼 김리트가 어떨까요…?

뭐 산뜻한 거 있으면 그걸로….

역시 나 같은 건 도저히….

아~ 졌다, 졌어.

그러셨군요. 다행입니다.

어, 어떻게 내가 제일 좋아하는 걸…?

싸락눈이여
다가오는 봄기운
술로 느끼네

소다즈

오랜 경험과 감이라고나 할까요.

뭘요, 바텐더한테 딱히 특별한 재능은 필요 없습니다.

혁.

여기서 잠깐 ㉑ 「더 바텐더」

남자로 태어났으면 누구나 한 번쯤 해보고 싶은 게 있다. 흔히 프로야구 감독, 영화감독, 오케스트라 지휘자 같은 것들을 예로 드는데, 나 같은 경우 바텐더를 해보고 싶다.

으슥한 BAR 카운터 안쪽에 서서 머릿속으로 세계각지의 술을 다 꿰고 있지만, 방정맞게 입을 놀리지 않고 말 없이 쉐이커를 흔들면서 카운터 구석구석, 어느 한 군데 빠짐없이 주의를 기울이며 묵묵히 손님들을 대접하는 베테랑 바텐더. 음, 멋지다.

하지만 현실적으로 생각을 해보면 나한테는 도저히 무리. 일단 칵테일 재료부터 하나도 외우질 못하겠다. 지금까지 사이드카는 뭐랑 뭐, 김리트는 또 뭐랑 뭐, 그런 식으로 몇 번이나 칵테일 북을 펼쳐보았던가. 하지만 안 되더라. 도무지 머리에 입력이 안 된다.

그리고 나는 또 잠자코 남의 이야기를 듣고 있지 못하는 성미다.

내가 딱히 그렇게 수다스러운 편은 아니라고 보지만, 내가 보는 앞에서 흥미로운 화제가 튀어나오면 한 마디 하고 싶어 근질거린다. 그래서야 어떻게 바텐더 노릇을 한단 말인가. 잠시 실례합니다, 하

고 가게를 뛰쳐나가 뒷골목을 향해서 큰 소리로 외칠까? 무슨 임금님 귀는 당나귀 귀도 아니고.

역시 나는 카운터 앞자리에 앉아 한 잔하는 게 더 어울리는 사람이다.

제22화 술맛

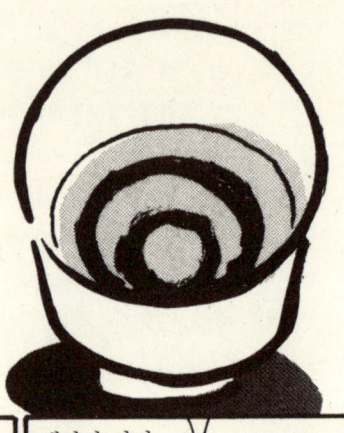

만점까진 안 바라지만, ㅐ 대리로 참석하는 이상 부끄러운 성적은…

맡겨만 주십쇼! 제일 자신 있는 장르 라니까요!

게다가 거기 사장님이 사케광이고 말이야.

우리 거래처가 말이야, 주조 업계랑 인연이 깊거든.

사케 무제한 시음 파티요?

시음 콘테 스트!

파티에 앞서 전원이 참가하는 시음 콘테스트가 있지.

다만!

저요, 저요! 제가 갈게요.

164

단맛이라, 조아왔어.

시음 A코스

먼저 여기 있는 가, 나, 다를 다 맛보신 뒤 맛이 단 순서대로 1, 2, 3번호를 매겨주십시오.

짜르륵

어디 보자.

그럼 술은 맛이 없으니까 한입만 맛봐도 알 걸요.

제일 단 건 양조용 당류를 첨가한 거라고요, 분명.

어라, 이것도 맛있네.

이거 맛있는데.

후!

꿀꺽

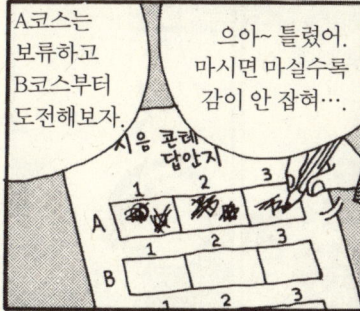

A코스는 보류하고 B코스부터 도전해보자.

으아~ 틀렸어. 마시면 마실수록 감이 안 잡혀….

시음 콘테 답안지

	1	2	3
A			
B			

이런, 순서대로 번호를 적으라고 했지?

앗!

한잔 더.

'나'가 제일 내 취향에 가깝군.

이거
준마인
가?

응?

뭉꺼

아냐,
이게….

꿀꺽

...

이건
거저
먹기네.

**시음
B코스**

이쪽 코스는 가, 나, 다에
1. 긴조슈 2. 준마이슈 3. 혼죠
조슈 중 해당하는 번호를
제각각 기입해주십시오.

깨

나

다

혼죠조는
지게미장아찌
같은 향이
나죠.

준마이는
쌀과자향,

음, 이건
긴조겠군.

과일향
이라,

꿀꺽

그렇게
미묘한 걸 내가
어떻게 알아.

딸꾹, 벌써
꽤 마셨는데,

**시음
C코스**

C코스는 가, 나, 다를
알코올 도수가 높은
순서대로 적어주세요.

깨

나

다

간 거의 다
습니다.
티회장으로
동해주세요.

지, 진작 좀
알려주시지.

그리고
이앙
체구심
물도
금비되어
있답니다.

그렇게 다 드실 거 없이
맛만 보고 여기다
뱉으시면 되는데요.

네에?

꿀꺽

저기,
죄송한
데요.

흥, 사케 맛 구분이라니, 그딴 거 내가 알게 뭐람…

성적 발표 전에 얼른 내빼자….

이보게, 이와마. 나 좀 보세.

아, 예.

두둥

설마 만점이라니, 나도 놀랐어.

네?

자네 대단하던데?

에휴, 가뜩이나 성적도 개판인데 파티 도중에 돌아왔으니…

금방 닥쳐올 겨울에 대비하여 새롭게 한 잔

소다츠

기적이네. 찍었는데 전부 맞다니.

내년에는 어떡하지?

문제가 워낙 간단해서 설마 상품까지 나올 줄은 몰랐거든요.

내년에도 언제?

우와~ 더카갈아!

상품 받아오는 걸 깜빡하다니, 이와마 선배도 참~

여기서 잠깐 ㉒ 「술맛」

흔히 「맛있는 술」이라고들 하는데, 여기서 가리키는 「맛」이란 대체 어떤 「맛」일까?

어릴 적 부모님 몰래 사케나 맥주, 위스키 같은 것들을 슬쩍 입에 대보고 그럴 당시에는 그게 맛있다고 느낀 적이 한 번도 없었다. 그러던 내가 어느 샌가 잔을 쭈욱 들이키며 「카아! 맛 좋다」라고 외치게 되었다. 그럼 나는 대체 언제부터 술을 「맛있다고」 여기게 되었을까?

그건 나도 잘 모르겠다. 어른이 되어 술을 처음 마실 무렵까지만 해도 어릴 적이랑 별로 다를 바 없이 느꼈는데, 대체 언제부터?

실은 지금도 「맛있다고」 느끼는 건 아니라든가? 상쾌함, 산뜻함, 목넘김 같은 감각을 죄다 「맛있다고」 뭉뚱그려 인식하는 것뿐일 수도 있지 않을까?

그럼 정말 「맛있는」 맛이란 대체 어떤 맛일까?

한바탕 씻고 나와 마시는 맥주는 확실히 맛있다. 하지만 목욕 직후에는 사실 콜라든, 주스든, 물이든 다 맛있지 않던가. 모, 모르겠어!

거꾸로 「맛없는」 술이라면 지긋지긋할 정도로 잘 알지만 말이다. 어쩌면 나도 정말 맛있는 술은 아직 마셔본 적이 없는지도…? 좋았어, 그렇다면 그런 술이 나타날 때까지 마시고 마시고 또 마시다가… 결국 그런 술은 한 번도 못 마셔보고 세상을 뜨지도, 헐헐.

그렇게 미묘한 걸 내가 어떻게 알아.

딸꾹, 벌써 꽤 마셨는데,

96년 여름, 코치 현에 또 다녀왔다. 예전에는 매번 스사키 시에만 머물렀는데, 이번에는 코치 시내에서도 2박을 했다.

코치 번화가에는 주점과 요리점이 잔뜩 있었는데, 가게가 워낙 많아 그 중 어디에 들어가는 게 좋을지 도무지 감이 잡히지 않았다. 아이도 같이 다녔던 고로 너무 주점 분위기 나는 가게 말고 요리점 같이 생긴 가게로 범위를 좁혀 찾아봤으나, 그럼에도 어디로 들어가면 좋을지 답이 안 나오더라.

웬「토사 요리」,「쿠로시오 요리」간판을 내건 가게들이 그리도 많던지! 이렇게 우후죽순처럼 잔뜩 늘어섰는데 어떻게 망하지도 않고 매출이 유지되는지 내가 다 걱정스러울 정도였다.

그런데 이 가게 저 가게 살펴보던 중 깨달은 것이 하나 있다. 보아하니 토사 요리점에 들어가는 손님들 가운데 대다수가 코치에 사는 사람들, 그러니까 현지 사람들 같더라.

별 일도 다 있지. 보통 지역명이 앞에 붙는「○○ 요리」같은 향토요리점은 관광객들이 찾는 데 아닌가? 향토요리 그까짓 것, 현지 사람들은 그냥 자기네 집에서 먹잖아? 아무리 생각해도 통 이해가 안 간다.

하지만, 토사 요리점이 이렇게 우글우글해도 다들 장사가 되는 이유는 이걸로 밝혀졌다. 현지 사람들이 이렇게 매일같이 찾는다면야 망하지 않고 버틸 만도 하지.

그나저나 거 사람들 하고는, 외식 참 좋아하는구만.

그렇게 속으로 중얼거리며 그럭저럭 괜찮아 보이는 가게를 하나 적당히 골라서 들어가 봤는데, 이게 완전 꽝이 아닌가! 가다랭이는 물론 그밖에 다른 생선들도 죄다 영 아니었다. 아니, 다 떠나서 일단 접시부터가 플라스틱이다. 하지만 이런 가게조차 지역 주민들이 들어 자리를 채우고 있었으니, 그게 또 신기하더란 말씀이야.

토사 사람들의 기질을 가리키는 말 가운데「이곳소우('호쾌함, 쾌남아, 완고함' 등을 의미하는 토사 사투리)」라는 말이 있다. 듣자하니 살짝 삐딱하거나 혹은 심술꾸러기 비슷한 구석을 가리키는 말이라던데, 굳이 이런 가게를 찾는 사람들은 말 그대로「이곳소우」라서 그러는 건지, 아니면 단순히 미각이 마비되어 그러는 건지, 나로서는 통 모를 일이다.

기가 막혀서 둘째 날 저녁에는 호텔 프론트에 가서 혹시 어디 추천할 만한 가게

없는지 물어봤다. 그러자 꼭 사카모토 료마처럼 생긴 직원 왈, 토사에는 술꾼들이 많아 좋은 술집은 수두룩하지만 아이를 데리고 들어갈 만한 데는 아닐 거라고. 역시 그랬군. 좋은 술집은 많다 이건데, 젠장~ 차라리 카보치(우리 딸 별명)를 그냥 확! 아 물론 농담 맞고요, 농담. 좌우지간 그런 생각을 하며 나도 모르게 쓴 입맛을 다셨다. 하지만 우리의 료마(?)는 역시 이 방면의 프로답게 고객의 요구에 딱 들어맞는 가게도 몇 군데 알려주더라.

그 중 한 군데에 가봤는데, 마치 민가처럼 생긴 근사한 인테리어를 갖춘 분위기 있는 술집이었다. 1, 2층 다 지역 주민들로 바글바글했다. 딱히 끝내준다고 호들갑을 떨 정도는 아니지만 맛도 그럭저럭 괜찮아서, 아이를 데리고 찾을 만한 가게치곤 제법 만족스러웠다.

하지만 다음에는 어떻게든 가족들 놔두고 나 혼자 「이런 게 바로 토사 술집이지!」라고 할 만한 가게에 한 번 가봤으면 좋겠다.

그나저나 코치 현 하면 다들 술과 생선을 좋아하는 것으로 유명하지만(진짜로?), 그밖에도 토사 사람들이 좋아하는 게 하나 더 있다. 그것은 바로 만화. 코치에는 술집도 많지만 카페 역시 수두룩한데, 어느 카페에 들어가 봐도 만화가 잔뜩 쌓여 있어 남녀노소 할 것 없이 이를 탐독하는 광경을 엿볼 수 있다.

코치는 또한 수많은 만화가를 배출했다. 이번 단행본 후기를 써주신 하라 타이라 선생님을 필두로 제1선에서 활약하고 계시는 유명작가 분들도 굉장히 많다.

그리고 전국 고등학교 만화연구부 대표들이 모여 만화 실력을 겨루는 「만화 코시엔」이라는 이벤트도 열린다고 한다.

이런 만화 선진지역을 봤나. 이건 대체 어찌 된 영문일까? 이유야 여러 가지가 있겠지만, 앞서 이야기한 「이곳소우」라는 기질이 큰 영향을 끼치는지도 모를 일이다. 만화에는 체제에 매몰되지 않고 사물의 본질을 관찰하는 「이곳소우」 같은 자세가 꼭 필요한 법이니까.

하여간 코치는 정말 불가사의한 곳이다.

제23회 예술과 술

술병
에도시대

꽤 운치
있는데.

오~
에도시대에
쓰던 술병,
술잔이라.

미술관

여기서 잠깐 ㉓ 「예술과 술」

남들이 한 잔하는 걸 보면 샘이 날 때가 있다. TV 드라마 속 인물들이 술집에 가는 장면이 나오고 그럴 때마다 「젠장! 저 인간들은 일도 제대로 안 하면서 저렇게 펑펑 퍼마시기만 하네!」 뭐 그런 식으로.

그밖에도 야구, 스모 우승축하 파티라든가, 당선이 확정된 선거 캠프라든가, 기타 등등 사람들이 축배를 드는 중계 같은 것도 보고 있노라면 나랑 전혀 관계가 없는 일인데도 「축하합니다!」하고 뛰어들어 술이라도 한 잔 얻어먹고 싶은 기분이 든다. 그와 마찬가지로 옛 산수화에 나오는 술자리도 무척 매혹적이다. 이들 그림 속 신선들은 술을 어찌나 좋아하는지, 인적이 없는 산속 암자나 누각 같은 데서 허구한 날 술판을 벌인다.

그야말로 「그림의 떡」, 아니 「그림의 술」이다. 그러니까, 산수화에 나오는 그런 술자리는 술꾼들에게 실로 이상적인 환경이란 말이다. 회사도 없고, 일도 없고, 마누라는 물론 애도 없다. 게다가 경치도 좋고, 조용하고, 그야말로 최고의 술자리가 아닌가!

하지만 남이 한 잔하는 걸 보고 샘을 내는 것도 이만해야겠다. 우라시마 타로가 용궁에 가서 받은 술상이나, 혹 부리 영감에 나오는 귀신들의 술판이 부러울 지경이면 이거 정말 중증이란 말씀이야.

실은 이거, 제 개인소장품입니다.

이건 에도시대….

175

제24회 복어

뭐니뭐니 해도 겨울에는

복어가 제일 이죠.

이 가게가 규모는 좀 작아도 주방장 솜씨는 상당하다고 평판이 자자한 가게랍니다.

뭘요, 이런 가게일수록 오히려 낫죠.

실례 하겠습 니다.

흡족하실지 좀 걱정도 되지만

평소 워낙 식도락을 즐기신다고 들어서

그럼 그 생선 특유의 미묘한 맛과 향을 알 수 있지요.

~와.

하지만 전 흰 살 생선은 이 생선이나 저 생선이나 회 맛이 어떻게 다른지 구분이 안 되더라고요.

역시 복어는 흰 살 생선의 왕이라니까요.

굉장한데.

입에서 코로 흐응~하고 숨을 내쉬는 거예요.

흐응—

흰 살 생선은 말이죠, 일단 한 입 먹고 삼키기 전에

그럼 먼저 먹습니다....

자, 그럼 회부터 드세요.

역시…!

어흥!

…음식 만화에 의하면.

?

음—

우물 우물

덥석

실은 5, 6년 전에 과장님이랑 같이 딱 한 번 먹으러 가본 게 다였으니, 원.

어쩜, 뼈 사이사이 붙은 고기까지 싹싹 다 발라서 드셨네.

죽은 복어도 고이 눈을 감을 겁니다.

잠깐만요, 손님! 찰기가 생기기 전에 죽을 그렇게 휘저으면 못써요!

찰

싹

쏘옥

오, 나왔구나!

뜨끈한 사케 나왔습니다.

무슨 맛인지 내가 알 게 뭐람?

사실상 처음이나 마찬가지였다고.

나중에 느긋하게 마시려고 빼돌렸단 말씀.

헤헤헤, 복어 지느러미예요.

그건 뭡니까?

복지느러미 자기 잔에 감도네 은은한 향기

소다츠

여기서 잠깐 ㉔ 「복어」

어째서 복어는 그렇게 비쌀까?

이세 왕새우나 도미가 비싼 것은 이해가 된다. 척 봐도 비싸게 생겼으니 말이다.

하지만 복어는 이해할 수가 없다. 그렇게 둥글둥글하고 우습게 생긴 주제(?)에 고급 생선이라니, 그게 말이 되나?

솔직히 맛도 난 잘 모르겠다. 회로 먹어봐도 소스 맛밖에 안 나고, 전골 같은 건 온통 뼈밖에 없는 데다 살은 어디 붙었는지 보이지도 않더라. 참으로 한심한(?) 물고기다.

하지만 온 세상의 식도락가, 애호가, 미식가입네 하는 사람들은 하나같이 복어의 맛을 찬미하여 마지않는다.

그럼 역시 맛이 있나? 이러쿵저러쿵 늘어놓기는 했지만 나 역시 맛이 있다, 없다를 논할 만큼 많이 먹어보지도 못한 것이 현실이니 말이다.

아! 분하다! 「나도 별의 별 걸 다 먹어봤지만 말이야, 역시 복어를 따라갈 생선은 없더라고~!」 뭐 그렇게 동네방네 떠들고 다닐 만큼 복어를 먹고 또 먹고 싶다!

하지만 지금 내 처지에 복어는 무슨, 어차피 과분한 소리지. 기껏해야 복어 지느러미 하나로 지느러미 술을 몇 잔이나 우려낼 수 있을지, 그런 쪼잔한 기록이나 세워보겠다며 낑낑대는 게 내 분수인 줄은 나도 잘 안다 이 말씀이야.

크윽! 누가 복어 좀 사줬으면!!

야키니쿠(한국식 고기집) 가게는 상당히 늦은 밤까지 영업을 하는 경우가 많다. 다른 가게들이 그날 영업을 마치고 문 다 닫은 뒤에도 먹고 마실 수 있는 참으로 고마운 음식점이다.

하지만 야키니쿠 가게는 기본적으로 「밥집」이다. 아니, 정확히 말하자면 「고기집」이다.

그 주역은 뭐니 뭐니 해도 고기, 고기, 고기. 그밖에는 다 엑스트라 같은 것들이다. 고기가 주역을 맡으면 좀처럼 술이 나설 자리가 없다. 그나마 부담 없이 손이 가는 게 맥주인데, 고기랑 맥주를 번갈아 위장에 퍼넣다 보면 어느 샌가 배가 꽉 차고 만다.

하지만 포만감은 음주의 적, 배가 부르면 아무리 마셔도 좀체 술기운이 오르지 않아 쓸데없이 돈만 날린 기분이 든다.

아니 뭐, 본질적으로 야키니쿠 가게는 오래 눌러앉아 한 잔할 만한 자리는 아닌지도 모른다.

하지만 웬만한 야키니쿠 가게에 가 보면 보통 「진로」라는 한국의 대표적인 소주가 나온다. 모처럼 그렇게 맛있는 술이 나오는데, 안 마실 수야 없지.

그런데 이 술로 야키니쿠 가게에서 맛있게 한 잔하려면 지켜야 할 요령이 있다. 그것은 바로 고기를 먹지 않는 것.

아니, 기껏 야키니쿠 가게까지 가서 고기를 먹지 말라니 이게 무슨 소리야? …라고 여길 독자 여러분도 계시겠지만, 야키니쿠는 그야말로 배를 채우는 지름길이다. 배를 채울 것인가, 아니면 기분 좋게 취할 것인가? 어차피 서로 양립할 수 없는 이상, 어느 한 쪽은 버릴 수밖에 없다.

하지만 실망할 것은 없다.

야키니쿠 가게에는 주역이 되는 고기 이외에도 매력적인 조역이 잔뜩 있으니까.

먼저 김치 종류, 이게 기본이다. 거기다 백김치, 깍두기, 오이소박이 같은 것들을 곁들이면 더욱 더 좋다. 그 다음으로는 나물도 빼놓을 수 없다. 육회는 고기에 속하지만 조금씩 맛만 보는 것이라 OK. 단, 한 점 두 점 집어먹다가 기세가 올라 너무 과식했다간 나중에 위가 갑자기 SOS 신호를 보내니 주의. 상추를 쌈장에 찍어 먹어도 맛이 썩 괜찮다.

그밖에도 창란젓이라든가, 빈대떡 같은 것들도 메뉴에 있으면 꼭 시켜보자. 아,

찌개 종류를 잊을 뻔했군. 그리고 고기 중에서도 곱창이나 양 같은 내장 계통은 몸에도 좋으니 1인분씩이라면 시켜도… 응? 그냥 고기 시켜 먹는 것보다 이게 더 배가 찬다굽쇼?

아니 그러니까 내 말은… 좌우지간 이런 메뉴가 있으니 그 중에서 마음에 드는 걸로 몇 가지 시켜놓고 진로 소주에 따끈한 물이나 탄산수, 또는 온 더 록으로 해서 홀짝홀짝 마시다가 여름이면 냉면, 겨울이면 국밥으로 마무리를 하시라 이 말씀. 이런 식으로 하면 야키니쿠 가게에서도 이자카야 같은 데처럼 술을 메인으로 즐길 수 있다.

그런데 요즘은 보니까 야키니쿠 말고 한정식이라고 해서, 한국식 가정요리 가게가 여기저기 생기는 추세던데, 그런 가게 같은 경우 조금 더 제대로 마실 수 있을 것 같더라. 칠판에 적힌 추천메뉴가 전부 한글이라 하나도 못 알아보겠다든가, 뭐 그런 문제도 종종 있기는 했지만.

아, 그리고 마늘 잘 먹는 사람 아니면 속은 좀 쓰릴지도?

제25화 스키야키 논쟁

잠깐 스톱.

그럼 시작해 볼까.

나는 간토식 스키야키는 안 먹거든.

응?

물론 술도.

고기, 야채, 얼마든지 있어.

푸둥

짜잔.

*스키야키 : 일본식 쇠고기 전골.(역주)

원래 스키야키는 쇠고기 전골이라고 불렸거든. '양념국물'에 푹 끓이는 게 정식이란 말이야.

뭔 소리야. 이게 무슨 철판구이도 아니고.

간토식

강장 설탕 미림 물

양념국물

간토식으로 다 같이 끓였다간 고기 맛이 다 빠져버린다고

스키야키를 할 땐 말이야, 고기를 꼭 구워야 해.

강장

설탕

지글—지글—

간사이식

술 또는 미림

엥?

어디식이든 됐으니까 얼른 시작하자, 야.

간사이 타령 좀 그만 해라, 응?

뭔 말도 안 되는 소릴…

그럼 먹어볼까!

좋았어! 간토식 으로 GO!

촤아악

배고파 죽겠단 말이야.

별일이네. 웬일로 이와마가 두루뭉술하게 군대?

도쿄는 간토! 그리고 여긴 우리 집이거든!

야, 야! 뭐 하는 거야!

우걱

청잘
긴
는데?

웬일이래, 쟤 어디 아프냐?

야, 밥은 없냐?

맥주 좀 줘 봐.

음~ 고기 맛 좋고!

오늘은 됐어, 술은.

응.

밥? 너 술 안 마셔?

됐어, 잘 테면 자라고 해.

이제 겨우 10신데.

뭘 잘못 먹었나?

?

?

내일 보자~.

그럼 난 잘까.

자알~ 먹었다.

휴~ 배부르네.

아~ 목 말라.

탁 탁 탁

짹

짹

186

맛이 밴 굳은 실곤약이나 파를 음미하면서

포인트는 데우지 않을 것.

'시치미' 같은 조미료를 뿌리면 더욱 나이스

나한테는 말이야, 스키야키는 전야제 같은 거라고.

너 뭐하냐?

다음날 남은 건 또 술안주로 딱이거든.

그렇지만

금방 배도 부르고.

스키야키는 술이 잘 안 들어 가잖아.

가을 다 가네 짭조름히 졸아든 쇠기름이여 소다츠

어때? 소다츠식 '다음날 스키야키'?

음~ 이거 괜찮은데~?

느긋하게 일요일 오전 방송이나 보면서. 이게 또 끝내준다니까.

찬 사케를 홀짝홀짝 마시는 거지.

왔냐, 너네도 먹어봐.

뭐 하냐, 아침부터.

187

여기서 잠깐 ㉕ 「스키야키 논쟁」

「쇠고기는 비싸다」「쇠고기는 특별한 음식이다」

이러한 관념이 일본인들에게는 깊이 각인되어 있는 것 같다. 여러분이 생각하는 별미는? 같은 질문을 하면 상당수가 「비프 스테이크」, 「샤브샤브」, 「스키야키」처럼 쇠고기가 메인으로 들어가는 요리를 택하니 말이다.

하지만 외국 같은 경우 꼭 그렇지는 않다고 한다. 소, 돼지, 닭 이들은 순서대로 계급이 정해진 게 아니라 그저 다양한 선택지에 불과하다.

그렇다면 어째서 쇠고기가 일본에서는 그렇게 비쌀까? 그것은 원래 육식을 하는 습관이 없었던 탓에 일본인들이 쇠고기를 일상적으로 먹는 데에 별로 익숙하지 않기 때문 아닐까. 다시 말해 쇠고기, 쇠고기, 하고 벌건 눈으로 달려들긴 해도, 사실 매일같이 먹을 만큼 즐기는 것은 아니라는 이야기다. 사람들이 매일매일 먹는 음식이었다면 가격도 조금 더 저렴했을 것이다.

사실 일본 사람이 그렇게 쇠고기를 날이면 날마다 먹어댔다가는 속이 거북해서 견딜 수 없었을 것이다. 돼지나 닭에 비해 다소 위에 부담스럽다는 점은 쇠고기의 큰 특징 중 하나이기도 하다. 하지만 가끔씩 먹을 경우 그러한 부담감은 오히려 만족감,

잠깐 스톱.

그럼 시작해볼까.

「고기 한 번 잘 먹었다」 같은 행복감을 불러일으킨다. 요컨대 매일 먹는 것이 아니라 가끔씩 먹기 때문에 별미, 진미로 느껴지는 법이다.

결론은 그러니까, 쇠고기란 그렇게 대단한 게 아니다 이 말씀이야. 하하하… 응? 어릴 적 집에서 돼지고기 스키야키밖에 못 먹은 게 억울해서 억지 쓰는 거 아니냐굽쇼?……

제26회 숯불구이

오호,
따끈
따끈
한데~

후끈
후끈

이크

됐다.

189

190

빵은 호두랑 시골된장을 섞어서 감잎에 발라 숯불에 구운 거야.

호두

된장 + 감잎

숯불

산초를 넣어도 굿~!

오물 오물

좋네 이거, 숯불.

실은 산지 좀 된 거란 말씀이야.

특제 호두 된장 감잎 구이.

치이익...

뭐지, 이 향기로운 냄새는?

그래, 그래.

아.

야, 야, 사오라고 한 거 얼른 내놔봐.

꼭 무슨 산속 온천 같은 데 온 기분이네.

오 데운 술이랑 궁합이 딱인데

뭐야, 그게?

좋아, 좋아. 그럼 숯불구이 파티를 시작해볼까.

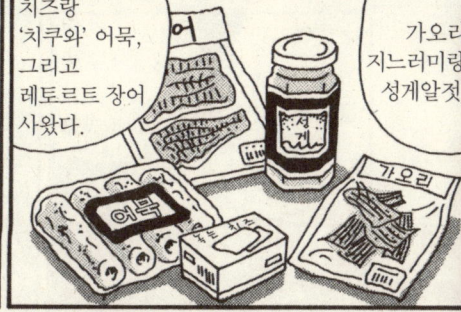

치즈랑 '치쿠와' 어묵, 그리고 레토르트 장어 사왔다.

가오리 지느러미랑 성게알젓

성게

가오리

어묵

191

응, 편의점에서 사온 흔해빠진 주전부리가 이렇게 멋진 안주로 변할 줄이야.

어때, 숯불 끝내주지?

다음은 장어 치즈 구이.

레토르트 장어를 작게 잘라서 녹는 치즈를 얹어 숯불에 쪼인다.

가오리에 성게알젓을 발라서

먼저 가오리 성게알젓 구이.

숯불에 쪼인다.

하하! 맛이 다들 그만인데!

성게알젓이나 김조림도 OK.

밤으로 가른 치쿠와 어묵에 와사비를 발라 굽는다.

그리고 어묵 와사비 구이.

사긴 샀는데 매번 불 피우고 관리하고 하는 게 꽤 손이 가는 일이라서.

사실 화로에 숯불을 땐 건 오랜만이야.

너 매년 겨울 내내 이러고 사냐?

그런데 소다츠.

가을 소나기 맞춰 불 때자니 쉽지 않구나

소다츠

숯이 꺼지기 전까지 계속 즐겨볼까?

그럼 몇 년 만에 열린 숯불구이 파티인 만큼

쏴

쏴

평소에는 현관에서 우산꽂이로 쓰던 참이지.

그랬구나

192

여기서 잠깐 ㉖ 「숯불구이」

숯불화로는 술꾼의 이상적인 술벗이다. 술도 데울 수 있고, 안주도 손쉽게 마련할수 있다. 그리고 따뜻하다. 뭐니 뭐니 해도 숯불이 정말 아늑하고 좋다.

요즘 들어서는 예전보다 숯을 구하기도 쉽고, 또 앤티크한 물품에 대한 관심도 높아진 덕인지 나름대로 붐인 모양이다.

하지만 역시 숯불은 다루기 까다롭다. 환기도 자주 안 해주면 목숨이 오락가락하는수가 있고 말이다. 그렇다면 술꾼한테는 썩 어울리지 않는 도구인 셈인가? 나갈 때마다 부싯돌이라도 쳐줄 만큼 눈치 있는 마누라라도 있다면 또 모를까 말이다.

그렇다면 역시 그냥 상상의 세계에서 혼자 멋대로 즐기는 편이 무난하고 좋을 것 같다. 그 중에서도 가장 매혹적인 것은 바로 「나가히바치」라는 직사각형 목제화로. 우연한 일로 친해진 어느 여인네한테 얻어준 단칸방에 간만에 들러서는, 방에 놓인 나가히바치 화로 앞에 앉아 담배 파이프에 불을 붙여 먼저 한 모금 하는 거지. 그러자 옆에 앉아있던 여자가 딱 알맞게 데워진 술잔을 살짝 내밀고는 섹시한 목소리로 입을 연다 이 말씀. "나리(나), 한 잔하시지요." 이에 나는 "음, 마침 딱 좋군. 자네도 한잔하지." "예." "자네는 얼굴에 금방 티가 나는군. 그 고운 뺨이 벌써 발그레하게 물들었잖아. 어디, 이리 좀 더 가까이 와보시게." "나, 나리…." …아니 무슨 망상이야, 이게?

사긴 샀는데 매번 불 피우고 관리하고 하는 게 꽤 손이 가는 일이라서.

사실 화로에 숯불을 땐 건 오랜만이야.

가을이 한창 무르익어갈 무렵, 편집부에 「매스컴 시음회」라는 이벤트 초대장이 도착했다.

보아하니 이름만 대면 누구나 다 알 만한 모 초거대 사케 회사에서 주최하는 것으로, 매스컴 관계자들을 초대해서 시음회를 연다는 모양이다.

"시음이니 뭐니 해도 어차피 이 회사 술밖에 안 나오는 거 아니에요? 난 대기업에서 나온 사케치고 뭐 쓸 만한 걸 먹어본 역사가 없는데. 어쩌실라우?"

별반 생각이 없어 보이는 담당편집자 S미야 씨.

"이 양반이 아주 배가 불렀구만. 간사이 사람들은 음식 얘기만 나오면 어째 영 이러쿵저러쿵 잔소리가 많아져서 못쓴다니까. 시음회 끝난 다음에 친목 파티도 있다고 하고, 게다가 대기업이고 뭐고 간에 어쨌거나 공짜로 술을 먹여준다는데 거절할 게 뭐 있수? 뭐니 뭐니 해도 우리한테는 독자들에게 이 시음회의 분위기를 전달해야 할 사명이 있다고요…."

그야말로 「마시는 게 일」이라 일컫기에 부족함이 없는 이번 건수에 흥미가 동한 내 주장이 먹혀들어, 다시 한 번 우리 취재반이 출동하게 되었다.

도쿄 역 야에스 출구로 나와 유라쿠초 방면을 향해 몇 분 걸어가다 보면 나오는 모 호텔, 시음회장은 바로 그곳에 있었다.

접수를 마치고 보니 그 앞이 바로 시음회가 열리는 회장이었다. 회장에는 가로 일렬로 사케를 담은 용기가 놓였는데, 시음은 크게 나눠 1회~3회로 구분되며 회당 3개 1조로 시음용 사케가 주어지고, 이들 용기에는 A~C라는 기호가 각각 붙어 있었다.

설명을 들어 보니

제1회는 맛이 단 순서대로 답을 적을 것.

제2회는 다이긴조, 준마이, 혼죠조의 순서대로 답을 적을 것.

제3회는 알코올 도수가 높은 순서대로 답을 적을 것.

문제는 대충 이런 식으로, 답안지에 답을 적어 상자에 넣으면 나중에 친목 파티 회장에서 성적 발표를 한다고 하더라.

입구에서 찻잔과 연필과 답안지를 받아들고 곧바로 시음 개시. 전부 이 회사 술이겠지만, 그래도 뭐 이건 사케에 관한 기본적인 문제라 할 수 있지.

일단 단 맛 순서 맞추기부터 도전해봤다. …달다! 전부 다 달잖아! 맛이 단 순서라고 해서 난 또 확 올라오는 맛, 중간 맛, 단 맛 정도로 차이가 날 거라고 생각했는데 죄다 단 맛이다. 이런 걸 내가 어떻게 알아! 마시면 마실수록 더욱 더 아리송해졌다. 그런데 이 회사, 이렇게 맛이 단 사케밖에 안 만드나?

잘 모르는 건 일단 제쳐두고, 그 다음은 다이긴조, 준마이, 혼죠조를 구분하는 문제에 도전. …으음, 이건 어쩐지 자신이 있다. 그래, 문제가 이렇게 풀려야지.

그리고 알코올 도수. …이건 엄청나게 어렵다. 하나도 모르겠다고! 애당초 이미 꽤 취한 상황이라, 이렇게 미묘한 차이를 내가 무슨 수로 아냔 말이지.

실은 입에 머금었다가 뱉을 그릇도 따로 마련되어 있었지만, 한 번 입에 들어간 술은 다 꿀꺽 삼키지 않으면 못 배기는 이 술꾼의 슬픈 천성 탓에 지금까지 맛본 시음용 사케를 나는 전부 마셔버리고 말았다. 한 모금 한 모금 회당 분량 자체는 극히 소량이었지만, 알쏭달쏭할 때마다 몇 번이고 또 마셔댔기 때문에 벌써 꽤 많이 마셨을 것이다. 이거 난감하게 됐군. 이렇게 되면 나중으로 미뤄둔 단 맛 순서 맞추기는 다 틀렸다.

낭패로군. 그래도 명색이 『술 한잔 인생 한입』 작가입네 하는 내가 이런 꼴이라니, 전국에 계신 애독자 여러분들을 뵐 낯이 없다.

뭐 그런 생각을 하며 문득 옆을 돌아보니 S미야 씨는 이미 답안 작성을 다 끝내고 나를 기다리는 중이었다. 이상한데, 너무 빠르잖아. 괜찮을까~? 별로 자신만만한 눈치도 아닌데, 이거야 원.『술 한잔 인생 한입』팀은 참패로구만. 에라, 나도 모르겠다. 결국 건성으로 빈칸을 대충 다 때운 뒤 우리는 허둥지둥 친목 파티가 열리는 회장으로 이동했다.

친목 파티는 소위 말하는 호텔 스탠딩 파티 같은 형식으로 진행 중이었는데, 잘 보니 이게 또 별나기 짝이 없더라.

먼저 맥주 말고 다른 주류는 전부 사케였다. 다이긴조, 긴조, 혼죠조, 나마자케, 히야자케…. 별의 별 사케가 테이블 가득 준비되어 있었는데, 이게 다 이 회사의 제품이었다. 하지만 사케 회사에서 주최하는 파티니까 그런 것쯤 어찌어찌 수긍할 수 있다.

하지만 요리는 도저히 수긍할 수 없었다. 주류는 죄다 사케로 갖춰놨으면서 정작 요리는 아무런 특징도 없는 일반 파티 요리가 아닌가. 포크 소테, 스모크 새먼, 비프 스튜…. 이런 걸 사케랑 같이 먹으라고? 끄으으으으응.

초대객 분위기를 살펴보니 매스컴 관계자치고는 어째 양복 차림 아저씨들이 많이 보인다. 아마도 어디 신문사나 잡지사 같은 데서 오신 높으신 분들이겠지. 그리고 이런 사람들이 또 자기네 회사 여직원들을 몇 명씩 데리고 오고 그런 눈치였다.

좌우지간 다 같이 건배한 뒤 테이블 위의 술들을 하나씩 음미해봤는데, 깜짝 놀랐다. 다이긴조, 긴조, 혼죠조, 나마자케, 히야자케…. 다양한 종류 만큼이나 확실히 맛은 제각각이었다. 그런데 놀랍게도 하나같이 맛이 형편없는 게 아닌가!

아니, 이럴 수가 있나? 혼죠조는 맛이 없더라도 다이긴조는 그럭저럭 괜찮다든가, 긴조는 영 아니더라도 나마자케는 그냥저냥이라든가, 뭐 그런 식이었다면 나도 그냥 넘어갔겠지. 그런데 이건 도대체가, 죄다 맛이 없더란 말이다! 마치 마무리 공정에서 무슨 「맛없게 만드는 약」 같은 거라도 탄 것만 같았다.

술은 입에도 안 대는 사람조차 십중팔구 다 알 만한 대기업이건만, 그런 데서 내놓는 상품 대다수가 이런 맛이라니…. S미야 씨와 나는 얼굴을 맞대고 아연실색할 따름이었다. 하다못해 이 회사 상품 가운데 가장 대중적인 원컵 ××××라도 있었다면, 맛이 별로 없어도 친숙한 마음에 그나마 나쁘지 않다고 여겼을지도 모르겠지만, 이런 파티에는 걸맞지 않다고 판단했는지 그것만은 나오지 않았다.

한편 주변을 둘러보니 아까 그 높으신 양반들은 벌건 얼굴로 좋아라하며 잔을 비우고 있었다. 참내, 공짜라면 다 좋다 이건가?

우리는 당장 맥주로 전향했다. 지극히 평범한 맥주가 이토록 반갑게 느껴지는 자리도 드물 것이다. 겨우 가슴을 쓸어내리며 비프 스튜를 먹고 있노라니, 갑자기 시음회 성적 발표가 시작되었다.

사회자의 소개와 함께 상표가 적힌 전통 작업복 차림을 하고 단상을 오르는 사장님. 이만한 대형 메이커 사장님이 구태여 전통복 차림으로 나타났다 함은, 그러니까 사케 양조자의 의기를 표현하는 제스처였을까? 그런 건 내 알 바 아니고, 전통복 이전에 일단 이 맛부터 어떻게 좀 해주셨으면.

어쨌거나 판에 박은 것만 같은 사장님 인사가 끝나고, 곧바로 정답이 발표되었다. 어이쿠~ 가슴 떨려라. 이러쿵저러쿵 온갖 잘난 척은 다 하며 궁시렁거렸지만, 사실 난 사케 맛 운운할 자격조차 없다는 결과가 나올지도 모르겠다….

발표 결과, 나는 3×3=9문제 가운데 6문제를 맞췄다. 으음, 참패까진 아니지만 『술 한잔 인생 한입』의 작가로선 창피한 결과일지도.

어쩌면 요행으로 고득점을 얻을 수도 있지 않을까… 그런 팔자 좋은 기대도 허무하게 무너지고, 축 처진 표정으로 S미야 씨를 바라보니 그는 헤죽헤죽 웃고 있었다.

어라? 이 양반 봐라? 점수 제법 괜찮게 나왔나 보네? 그런 생각에 그의 답안지를 엿봤더니….

이럴 수가, 만점이었다!

이야, 과연 간사이 사람답군. 이래야 『술 한잔 인생 한입』이지, 암. 그런 식으로 멋대로 「팀」을 짜서 S미야 씨 공을 반쯤 가로채고 기뻐하는 나.

발표가 다 끝나고 보니, 만점자가 한 열 명 있었다고 한다. 나중에 상품으로 「신형 카메라」를 보내 준다고 하더라. 역시! 대기업은 다르다. 과연. 통이 크다.

받을 건 다 받았으니 이제 여긴 더 이상 볼 일도 없다. 우리 취재반은 그 뒤로도 계속해서 이어지던 파티에서 잽싸게 빠져나와, 입가심할 맛난 술을 찾아 밤거리로 사라졌다.

소다츠의 사계절 안주

㉚무를 갈아 얹은 바지락 오믈렛

다른 말로 하자면 후카가와동에 들어가는 재료를 넣은 달걀부침. 바지락은 소금에 살짝 절인 생물이 있으면 그게 제일이지만 그냥 통조림이라도 괜찮다. 바지락이 무랑 궁합이 잘 맞으니 무는 꼭 갈아 얹는 것이 좋다. 거기다 시치미와 간장을 뿌린다. 사케(온도는 상온 정도)를 마셔가며 갈아 얹은 무랑 같이 한 젓갈씩 먹어보자. 무가 없으면 마요네즈도 괜찮다. 하지만 마요네즈 같은 경우 아마 사케랑 궁합은 잘 안 맞을 것이다.

무를 갈아 얹은 바지락 오믈렛을 만드는 법

무를 간다.

접시에 담고 간 무를 위에 얹는다.

반으로 접는다.

소금에 살짝 절인 바지락

잘게 썬 파

재료를 넣는다.

달걀을 쪼개서 휘젓는다.

절반을 프라이팬에 붓는다.

남은 달걀을 붓는다.

완 성

●후기 ─ 하라 타이라

　내가 술과 함께한 지도 그럭저럭 30여 년이라는 세월이 흘렀
다. 그런데 요즘 들어 불현듯 술의 매력이란 과연 무엇일까… 하
는 의문이 들 때가 있다.

　흥겨운 술, 신나는 술, 속이 쓰린 술, 씁쓰레한 술… 등등 술에
는 여러 종류가 있지만, 좌우지간 하나같이 그 어떠한 일이든 싹
잊고 내일을 위한 활력을 얻을 수 있도록, 그러니까 이른바「살
맛나게」해준다, 이것이 술의 매력이 아닐까?

　나는 술을 먹을 때 결코 혼자서 먹지 않는다. 죽이 잘 맞는 친
구들이랑 여럿이서 먹는 편이 더 좋다. 가능한 한 유쾌하고 흥겹
게 마시고자 한다. 다만 술 종류는 가리지 않는다. 어떤 술이든
넙죽넙죽 다 먹지만, 그렇다고 해서 내가 술에 먹히는 일은 없다.

　요즘 젊은 사람들 보면 자기 한도도 모르고 술을 먹다가 술에
먹히는 경우가 많던데, 그랬다간 술이 지닌 매력도 장점도 다 날
아가고 만다. 술은 먹는 거지, 먹히는 게 아니다.

　나는 옛날부터 홈그라운드였던 신주쿠에서 일을 마친 뒤 꼭 단
골가게에 들러 한 잔하는 것이 낙이었다. 그 가게에는 각종 직종
에 종사하는 온갖 사람들이 다 모이는데, 나는 그들과 이런저런
이야기를 나누며 흥겨운 시간을 보내곤 했다.

　내 직업상 그런 사람들과 나누는 말은 여러모로 소중할 뿐만 아
니라 때로는 만화 소재 같은 실마리를 제공하기도 하고, 좌우지
간 나랑 생판 다른 환경에서 살아가는 사람들의 이야기는 정말
재미도 있고 공부도 많이 된다.

　「역사는 밤에 이루어진다」라는 말도 있지만, 그러한 현장에 필
요한 것은 역시 사람과 술. 술이 없으면 이야기도 진행이 되지
않고, 좋은 아이디어도 나오지 않으며, 분위기가 풀리는 일도, 달
아오르는 일도 없을 것이다. 그런 의미에서 술은 무언가를 이루
는 데에 빼놓을 수 없는 요소라 할 수 있다.

　오늘은 과연 어떤 사람이랑 어떤 화제로 이야기꽃을 피우게 될
것인지… 벌써부터 기대가 되어 가슴이 두근거린다. 물론, 그 자
리에 술이 함께할 것임은 두말할 나위도 없을 것이다.

■ 번역 · 김동욱

홍익대학교 출신.
만화/애니메이션 방면에 지대한 관심과 애정을 지니고 애니메이션 일을 하던 중 번역에 뛰어들게 되었다.
옮긴 책으로는 〈백성귀족〉, 〈서유요원전〉, 〈할시온 런치〉, 〈만화가 상경기〉 등이 있다.

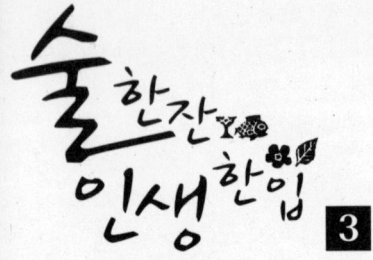

3

초판 1쇄 인쇄 2012년 5월 25일
초판 3쇄 발행 2013년 2월 10일

극화 : 라즈웰 호소키
번역 : 김동욱

펴낸이: 이동섭
편집: 이민규
디자인: 이혜미
영업·마케팅: 송정환, 홍인표
관리: 이윤미

㈜에이케이 커뮤니케이션즈
등록 1996년 7월 9일 (제 302-1996-00026호)
121-842 서울시 마포구 서교동 461-29 2층
Tel : 02-702-7963~5 Fax : 02-702-7988
http://cafe.naver.com/akpublishing

ISBN 978-89-6407-306-3 17830
ISBN 978-89-6407-195-3 17830 (세트)

*잘못된 책은 구입한 곳에서 무료로 바꿔드립니다.

SAKE NO HOSOMICHI Vol. 3
ⓒ Roswell Hosoki 1997
All rights reserved.
First published in Japan in 1997 by NIHONBUNGEISHA Co., Ltd., Tokyo
Korean translation rights arranged with NIHONBUNGEISHA Co., Ltd.
through Tuttle-Mori Agency, Inc., Tokyo